그렇게 서툰
말들이 모여
삶이 되었다

그렇게 서툰
말들이 모여
삶이 되었다

그렇게 서툰 말들이 모여 삶이 되었다
코칭 속에서 발견한 열 명의 진짜 대화

초 판 1쇄 2026년 04월 27일

지은이 강소영, 강은주, 김우현, 김채운, 용준희, 이옥순, 이은재, 정은, 정효선, 천보영
기   획 이경숙
펴낸이 류종렬

펴낸곳 미다스북스
본부장 임종익
홍보국 김가영
편집장 이예나, 안채원, 김은진
디자인 윤가희, 임인영, 윤영빈
책임진행 국소리, 송가희

등록 2001년 3월 21일 제2001-000040호
주소 서울시 마포구 양화로 133 서교타워 711호, 808호
전화 02) 322-7802~3
팩스 02) 6007-1845
블로그 http://blog.naver.com/midasbooks
전자주소 midasbooks@hanmail.net
페이스북 https://www.facebook.com/midasbooks425
인스타그램 https://www.instagram.com/midasbooks

ⓒ 강소영, 강은주, 김우현, 김채운, 용준희, 이옥순, 이은재, 정은, 정효선, 천보영, 미다스북스
2026, *Printed in Korea*.

ISBN 979-11-7355-883-2 03810

값 18,500원

미다스북스는 다음세대에게 필요한 지혜와 교양을 생각합니다.

코칭 속에서 발견한 열 명의 진짜 대화

그렇게 서툰 말들이 모여 삶이 되었다

강소영　강은주
김우현　김채운
용준희　이옥순
이은재　정　은
정효선　천보영

미다스북스

들어가는 글

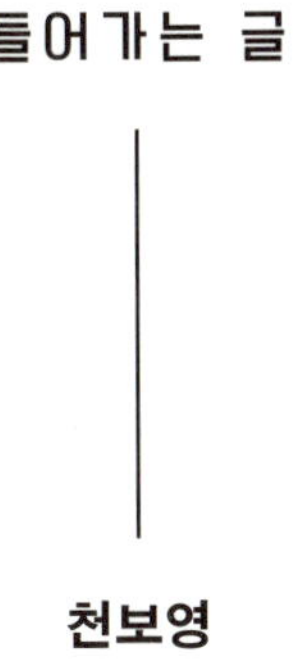

천보영

"우리는 코칭을 배우려다, 자신을 내려놓는 법을 배웠습니다."

열 명이 한자리에 모였습니다. 나이도, 하는 일도, 살아온 길도 제각 각이었습니다. 우리에게 공통점이 있다면, 소통을 더 잘하고 싶어 헤매다 코칭을 만났다는 것, 그리고 그것이 얼마나 어려운 일인지 몸으로 느끼고 있다는 점이었죠.

첫 만남의 분위기는 고요했습니다. 서로 눈을 마주쳤다가 금세 시선을 피했고, 누군가는 말문을 열 듯하다가 다시 멈추기도 했습니다. 소통을 이야기하겠다고 모였지만, 정작 첫 말을 꺼내는 것은 쉽지 않았습니다. 그 어색한 침묵 속에서 이런 생각이 스쳤습니다. 여전히 머뭇거리는 우리가, 소통을 주제로 글을 써도 괜찮을까?

침묵 끝에, 우리는 이 글이 누구에게 닿으면 좋을지 이야기를 나누기 시작했습니다. 코칭을 처음 접한 분들, 배워볼지 고민하는 분들, 이미 배웠지만 여전히 낯설게 느껴지는 분들까지. 떠올린 독자에 따라 소통의 모습도 조금씩 달라졌습니다. 부모와 자녀 사이, 산업 현장, 리더의 자리, 그리고 코칭 현장에서 마주했던 경험들까지 서로 다른 이야기들이 하나둘 이어졌습니다.

글쓰기는 생각보다 쉽지 않았습니다. 우리는 원고를 단톡방에 올리는 것조차 망설였죠. 다듬어지지 않은 생각을 그대로 꺼내 보이는 것이 아직은 부끄럽고 조심스러웠기 때문입니다. 글은 취합 담당자에게 따로 전해졌습니다. 누가 읽었는지, 어떤 생각을 했는지 알 수 없었고 단톡방은 조용했습니다.

그러던 어느 날, 한 사람이 질문을 던졌습니다.
"여기에도 올리지 못하는 글을, 독자에게는 보여줄 수 있을까요?"
그리고 이어진 한마디.
"우리가 서로의 첫 번째 독자가 되어주면 어떨까요?"

그 말을 계기로 분위기가 조금씩 바뀌었습니다. 다듬지 않은 글들이 하나둘 단톡방에 올라왔습니다. 우리는 서로의 글 속에 숨겨둔 상처와 서툰 진심을 마주했습니다. 함께 읽고 다듬으며, 한 줄 한 줄에 마음을 담았습니다. 때로는 한 문장을 두고 오래 이야기를 나누기도 했습니다. 그러던 어느 순간, 우리는 이미 서로 소통하고 있었습니다. 서툰 말들이 모여 대화가 되는 순간이었습니다. 이 책은 그렇게 함께 발견해 온 장면들을 담고 있습니다.

1장은 같은 말을 해도 어긋났던 순간들 속에서, 말이 아닌 진심이 오가던 장면들을 보여줍니다. 병실에서 마주한 눈 맞춤의 온기, 말은 많았지만 대화는 없었던 시간에 대한 고백, 그리고 문제를 해결하려다 오히려 멀어졌던 경험을 담고 있습니다.

2장은 귀가 아닌 마음으로 듣는다는 것이 무엇인지, 우리가 얼마나 자주 '듣고 있다'고 착각하는지 돌아봅니다. 산업 현장에서 듣지 못해 남았던 상처, 답을 찾기보다 여백을 선택했던 순간, 바늘귀에 실을 꿰 듯 삶의 방향을 다시 바라본 경험이 그 안에 있습니다.

3장은 삶을 깨우는 작고 다정한 질문이 어떻게 변화를 만들어 내는지 이야기합니다. 질문 하나가 삶의 방향을 바꾼 기억, 오늘도 스스로에게 묻는 삶의 태도를 담고 있습니다. 회사에서도, 일상에서도, 코칭 대화 속에서도 우리는 질문을 건네며 살아갑니다. 그 질문 속에서 우리는 조금씩 달라집니다.

4장은 누군가를 바꾸는 힘보다, 믿고 기다리는 태도가 더 깊은 힘이 된다는 것을 전합니다. 전문가가 되기보다 좋은 어른이고 싶었던 마음, 조언을 멈추고 기다렸던 시간, 코칭 대화를 통해 스스로 답을 찾아갔던 경험이 담겨 있습니다.

네 장을 관통하는 메시지는 분명합니다. 소통은 기술이 아니라 태도에 있다는 점이죠. 누군가를 억지로 바꾸려 애쓰기보다 그 곁에 머물며 존중하는 것, 어쩌면 소통은 바로 그곳에서 시작되는지도 모르겠습니다.

글을 마치고 돌아보니 우리는 소통의 정답을 말하기 위해 이 책을 쓴 것이 아니었습니다. 서툰 경험 속에서도 서로에게 다가갈 수 있는 또 다른 길이 있다는 것을 함께 나누고 싶었던 거죠. 이 책은 안내서라기보다 그 길 위에서 남긴 작은 기록에 가깝습니다.

책의 마지막 장을 덮는 순간, 당신의 마음속에도 조용히 떠오르는 장면이 하나쯤 있기를 바랍니다. 만약 그런 장면이 있다면, 잠시 멈춰 서서 이렇게 물어보세요.

"나는 지금 무엇을 붙들고 있고, 무엇을 내려놓을 수 있을까."

소통을 마주하는 과정에서 우리는 먼저 자신을 내려놓는 용기가 필요하다는 사실을 알게 됐습니다. 이 작고 솔직한 이야기가 당신에게도 잠시 숨을 고르는 시간이 되기를 바랍니다.

차 례

3장 작고 귀한 물음표로 잠든 삶을 깨우다

4장 누군가를 바꾸는 힘보다 믿어주는 힘이 더 오래간다

1장

같은 말을 해도 우리는 왜 자꾸 어긋날까

한 박자 호흡을 고르자.
들썩이는 감정 2g만 덜어내고 대화를 시작해 보자.

- 정은

대화는 말을 잘하는 기술이 아니다.
서로의 진심이 이어지는 순간을 함께 만들어 가는 과정이다.

- 천보영

– 내면의 간절함을 알아채는 순간, 당신에게는 어떤 변화가 있나요?

– 당신은 상대와 함께하는 이 순간, 무엇을 원하나요?

그 겨울,
당신의 말이
나를 살렸다

강소연

"우리 집은 너무 조용해." 엄마와 이야기를 주고받는 친구를 가만히 바라보던 아이는 툭 한마디 내뱉고 킥보드를 타고 바람처럼 사라졌다. 우리는 그 자리에서 웃었다. 아이의 등 뒤로 말이 흩어지듯, 그 한마디를 흘려보냈다. 그 말의 무게를 그때는 알지 못했다. 아이가 원했던 건 '함께 있음'이 아니라, '함께 나누는 대화'였다. 늘 한 발짝 늦게 알아챈다. 그래서 마음이 더 무겁다.

나는 대화에 서툴다. 마음이 통하는 대화를 간절히 바라면서도 막상 그 순간이 오면 어떻게 말해야 할지 망설인다. 코칭을 배우는 지금도 상대의 마음을 묻는 타이밍은 여전히 낯설다. 어떤 날은 질문이 위로였고, 어떤 날은 침묵이 더 깊은 배려였다. 같은 밥상에서 십오 년을 마주했어도, 그 적절한 순간을 찾는 일은 매번 새로운 용기가 필요했다. 사랑한다고 해서 저절로 통하는 것은 아니었다. 그래도 자꾸 말을 걸고 싶다. 듣고 싶다. 어쩌면 대화란, 그냥 그 사람 곁에 있고 싶다는 마음인지도 모른다.

어릴 적 우리 집도 조용했다. 엄마는 늘 고개를 숙인 채 일했다. 아빠는 사업 때문에 집을 자주 비웠다. 네 살 터울 동생이 태어나면서 나를 향하던 시선은 자연스럽게 옮겨갔다. 네 살까지 엄마와 단둘이 보냈던 시간이 오래도록 그리웠다. 오롯이 바라봐 주던 눈빛, 그 따스한 온기.

다섯 살이 되자 나는 일찍 집을 나가 늦게 돌아오는 아이가 되었다. TV도 없는 고요한 집을 나서면 언니 오빠들의 웃음소리, 개구리와 귀뚜라미 울음, 슈퍼 아주머니의 목소리가 다정하게 반겼다. 소리로 가득한 바깥세상은 따뜻했다. 돌아보면 그 소리 사이에서 사람의 온기를 찾아 헤맸던 것 같다. 그 시절, 누군가가 "지금 기분이 어때?" 하고 물어봐 주었더라면 어땠을까. 그랬다면 조금 더 일찍, 엄마에게도 마음을 꺼내 보일 용기를 낼 수 있지 않았을까.

친정 분위기는 어른이 된 지금도 크게 달라지지 않았다. 부모님은 여전히 각자의 자리에서 묵묵히 살아가고 계신다. 한결같은 책임감은 두

분이 남겨주신 가장 단단한 유산이다. 그러면서도 부모님과 눈 맞추고 도란도란 이야기 나누고픈 마음이 남아있다. 아마 두 분도 같은 마음이었을지도 모른다. 다만 표현하는 방법을 몰랐을 뿐.

그러면 지금 나는 아이와 어떻게 대화하고 있을까. 같은 공간에 있어도 눈은 컴퓨터와 휴대전화, 할 일들 사이를 오가고 있다. 아이를 바라보지 못했던 순간들이 떠오른다. 말수가 적은 우리 부부, TV가 없는 집. 어릴 적 내가 자라던 집과 닮아있다. 아이는 종종 말했다. "엄마 아빠는 둘만 얘기해. 나도 끼워줘." 우리 부부는 별일 아니라는 듯 넘겼다. 우린 같은 회사 커플로 대화가 잦았다. 다만 그 안으로 아이의 자리를 만들지 못했다. 아이는 자신이 포함되지 않은 대화 속에서 혼자 바깥에 서 있었다. 그게 얼마나 답답했을까. 얼마나 외로웠을까. 이제야 그 마음이 보인다.

아이는 여전히 다가가면 좋아하고, 속상한 일이 있으면 먼저 털어놓는다. 하지만 자라면서 조금씩 눈을 마주치는 시간이 줄어들고 있다. 친구들, 그리고 이제는 AI와 이야기 나누는 시간이 늘어간다. "엄마 옆에 껌딱지처럼 붙어서 살 거야."라고 말은 한다. 그 말이 고맙고 애틋하다. 그러면서도 문득 그동안 아이와 얼마나 대화다운 대화를 나누었을까 하는 두려움이 밀려온다. 쉽게 대답이 나오지 않는다. 마음을 나누

고 싶다고 하면서도, 정작 다른 곳을 보고 있지는 않았을까. 지금이라
도 아이와 보내는 시간을 온전히 함께하고 싶다. 서로의 눈을 오래도록
바라보고 싶다. 그것만으로도 충분할 것 같다.

　몇 해 전 겨울, 급성신장염으로 석 달을 병원에서 보냈다. 병실에는
TV가 없었다. 코로나로 면회가 쉽지 않던 시절이었다. 환자들은 휴대
전화를 들여다보거나, 불편한 몸을 이끌고 말동무를 찾아 복도를 서성
였다. 갑작스러운 진단과 수술 앞에서 사람들은 엄마를 잃은 아이처럼
위로를 찾아 헤맸다. 누군가가 이야기를 들어 주기를, 애써왔다고 말해
주기를 기다렸다.

　입원하고 한 달 후, 나는 다행히 의식을 되찾았지만, 처음에는 일어
나지도 못했다. 눈과 입만 겨우 움직일 수 있었다. 말은 혀 위에서 자꾸
미끄러졌다. 앞이 깜깜하던 그 시간, 나를 현실로 끌어당긴 것은 병실
에 오가던 사람들의 이야기였다. 사람의 목소리, 그리고 사람의 숨결이
었다.

　건너편 침대의 울산 교장 선생님은 어릴 적 형제들 이야기와 자녀들
이야기, 소소한 일상을 조용히 들려주셨다. 평범한 이야기였다. 그런데
그 말들이, 근육이 빠져 휴대전화를 들 힘도 없던 나를 조금씩 삶으로
데려왔다.

　얼마 지나 진주에서 오신 아주머니 두 분이 내 옆 침대로 오셨다. 두 분은 절친한 이웃 사이라고 하셨다. 한 분이 갑자기 아프게 되자 다른 한 분이 당연하다며 짐을 챙겨 따라 올라오셨다. 두 분 덕분에 병실에 웃음이 돌았다. 이제 막 의식을 찾은 나에게도 다정한 말과 농담으로 일상을 떠올리게 해 주셨다. 그 웃음은 돌봄에 지쳐 있던 남편의 얼굴에도 살며시 내려앉았다.

　그렇게 우리는 이야기를 나누며 조금씩 살아났다. 나는 퇴원했고, 아이의 초등학교 입학이라는 소중한 순간을 함께할 수 있었다. 그분들과 내가 할 수 있었던 것은 단 하나, 이야기를 나누는 일이었다. 같은 공간에 있다는 이유만으로 우리는 서로의 마음을 열었다. 말을 건네고 들어주는 한 사람이 얼마나 소중한지 그때 처음 온몸으로 알았다.

　가끔 남편과 '진주 아주머니들' 이야기를 꺼내며 웃곤 한다. 연락처를 나누지 못했지만, 퇴원 후 울산과 진주로 여행을 떠나기도 했다. 혹시라도 다시 만날 수 있을까 하는 마음에서였다. 휴대전화를 들 힘조차 없던 그 겨울, 그분들이 아니었다면 어떻게 버텼을까.

　그해 겨울을 지나며 사람이 왜 그토록 대화에 목마른지 비로소 알게 되었다. 누군가 이름을 불러주는 순간, 흐릿하던 '나'의 자리가 또렷해졌다. "괜찮아." 그 짧은 한마디가 무너진 마음을 일으켰다. 대화는 가장 어두운 자리에서 나를 다시 살려냈다.

　나는 진짜 대화를 원한다. 말이 아닌 마음이 닿는 대화. 아이의 눈을 오래 바라보는 대화. 병실에서 만난 사람들처럼 서로의 이야기를 귀하게 여기는 대화. 어쩌면 함께 산다는 것은 거창한 일이 아닐지도 모른다. 누군가 말을 걸어주고, 그 말을 들어 줄 때 우리는 서로를 살게 한다.

진짜 대화는
몸으로 한다

어느 날 문득 대화(對話)의 한자적 의미가 궁금해졌다. '對(대할 대)'와 '話(말씀 화)'이다. '對(대할 대)'자는 본래 손에 무언가를 들고 상대를 마주하는 모습을 본뜬 글자이고, '話(말씀 화)'자는 言(말씀 언)과 舌(혀 설, 또는 소리를 나타내는 부호)이 결합된 글자이다. 그래서 대화의 사전적인 의미는 '서로 마주하여 이야기를 주고받는 것'이다. 그러나 우리가 상대방에게 소리 내어 이야기한다고 해서 반드시 대화가 이루어지지 않는다. 말을 주고받기보다 자신의 할 말만 하는 경우가 있기 때문이다. 그런 의미에서 진정한 대화의 본질은 마주하여 '이야기하는 것'이 아니라 '주고받는 것'이 아닐지 생각해 보게 된다. 단지 말하는 행위가 아닌 상대와 소통이 되어야 진정한 대화라고 할 수 있을 것이다. 우리는 하루 동안 진정한 대화를 얼마나 하게 될까?

우리의 첫 대화는 언제였을까? 아마도 엄마가 모유 수유하면서 걸어온 한마디에 답한 옹알이가 아니었을까 생각한다. 이것이 세상과의 첫 소통이었을 것이다.

첫째 아이는 백일 이전부터 옹알이를 많이 했다. 백일잔치에 온 손님들이 아이와 눈을 맞추고 한마디 하면 몇 구절의 옹알이로 답했다. 그 후에도 "오늘 잘 놀았니?"라고 말을 걸고, 옹알이 중간에 "그랬어?"라고 추임새를 넣어주면, 조금은 과장되게 마치 오페라처럼 했다. 입을 크게 벌려 혀를 말고 목소리 높이면서 미간은 펴고 팔다리 움직이며, 무슨 할 이야기가 그리 많은지 폭풍처럼 옹알이했다. 그러더니 또래보다 말이 빨랐고 표현도 다양했다. 첫째와 주고받았던 것들을 생각하면 옹알이는 대화의 시작이라고 확신한다.

또 다른 날엔 가족 모임 중간에 잠깐 복도에 서 있는데, 사촌 시누의 세 살 정도 된 아들이 혼자 복도로 나왔다. 주변에 아이의 부모가 없어 일정 거리를 유지하며 아이를 지켜보고 있었다. 모임 장소가 답답했는지 해방감을 느끼는 미소를 지으며 나름 자유를 만끽하는 눈치였다. 뒤뚱뒤뚱 속도를 내기 시작하더니, 순간 본인 속도를 이기지 못하고 앞으로 구부러지며 넘어졌다. 깜짝 놀라 아이에게 가려다, 보아하니 별문제가 없을듯해서 거리를 좁혀서 아이를 살폈다. 우둔하게 일어나더니 자기가 넘어진 자리를 짧은 다리로 힘껏 서너 번 내리쳤다. 그때 아이 아빠가 나오자, 아이는 아빠를 보곤 자기가 넘어졌던 자리에 쭈그리고 앉아 손으로 복도를 치면서 뭐라 하며 아빠를 올려보았다. 이런 아이의 모습을 본 아빠는 "더러워! 하지 마!" 하며 아이를 지나쳐 갔다. 아빠 말을 들은 아이는 손바닥을 털며 일어났지만, 분이 아직도 풀리지 않았는지 다시 한번 복도를 발로 내리치고는 아빠 뒤를 따랐다. 짧은 순간이었지만 아주 흥미로운 장면이었다. 나는 아이가 아빠에게 무슨 말을 하려 했는지 알 것 같았다. "아빠, 나 복도 때문에 넘어졌어요. 복도 혼내주세요."라고 했을 것이다. 그런데 이 상황을 모르는 아빠는 아이가 복도를 만지는 행동만 보고, 본인의 이야기만 했다. 아빠와 아이는 서로 할 말을 했지만, 대화, 즉 교류와 소통이 이루어지지는 않았다.

만약 아이가 나에게 이야기했다면 달랐을 것이다. 세 살 아이의 말을 정확히 알아들을 수 없지만, 짧은 대화로 소통했을 것이다. "복도 때문에 넘어졌어? 복도 나쁘다." 방금 상황을 보았고, 아이의 감정을 이해하고 공감할 수 있었기에 가능할 것이다.

오래전에 함께 일했던 어린 동료 김 선생과 나누었던 대화가 가끔 생각난다. 신설된 교육 담당 부서의 체계가 갖추어지지 않아 조직을 만들어 가며 일할 때였다. 김 선생은 석사 과정을 마치고, 특별 채용으로 우리 부서에서 교육 업무를 함께 했다. 늦가을쯤, 교육을 끝내고 서로 지친 상태에서 늦은 점심을 먹으러 갔다. 주문한 음식이 나오기를 기다리는데, 김 선생은 뜬금없이 내게 자신이 어떻게 살면 좋겠는지를 물었다. 물론 많이 아끼고 업무적인 코드가 맞는 후배이기는 했지만 내가 답해줄 만한 질문은 아니었다. 그래서 대답 대신 어떻게 살고 싶은지를 되물었다. 그녀는 생각이 복잡한지 말이 없었다. 그래서 질문을 바꿔, 어떤 일을 하면서 살고 싶은지를 다시 물으니, 교수가 되고 싶단다. 뜻밖의 대답이었다. 지금 하는 일은 교수가 되는 데 어떤 도움이 되는지를 물어보니 전혀 도움 안 될 거라고 했다. 맨 처음 했던 터무니없는 질문 이면에 있던 진짜 고민이 어렴풋이 느껴지기 시작했다.

그 당시는 간호교육이 3년제 전문대학 간호과와 4년제 대학 간호학과로 이원화되어 있었다. 그러나 대부분의 나라에서는 4년제로 운영되었기 때문에 한국도 국제적 기준에 맞는 간호교육을 위해 「고등교육법」을 개정하고 있었다. 이 상태라면 3~4년 이후에는 간호교육은 전면적으로 4년제 학제로 운영되고, 간호학과 교수 임용이 많아질 상황이었다.

후배는 석사 과정을 마친 후 곧장 지도교수의 추천으로 입사했었고, 더구나 국장이 지도교수의 절친 후배였다. 입사한 지 1년이 안 된 마당에 회사 다니며 박사과정을 수료하기엔 업무적으로 여건이 되지 않았다. 혹시 회사의 배려로 박사과정을 들어가더라도 그 업무 공백이 선배인 내 몫이란 걸 잘 알고 있기에 고민하는 듯했다.

잠시 침묵이 흘렀다. 마침, 음식이 나와 말없이 밥을 먹다가, 지금 가장 고민되는 게 무엇인지를 물었다. 나에게 미안하고, 국장께 어떻게 말씀드려야 할지 모르겠다는 것이다. 나에게는 미안할 필요 없다고 하니, 조금은 안도하는 눈치였다. 그러나 또 하나의 산을 넘어야 했다. 국장에게는 말한 적 있냐고 물었더니 '일 배우고 2~3년 후에 박사과정 하면 되겠다.'라고 했단다. 그런데 김 선생의 눈빛은 간절했다. 어느덧 식사는 끝나가고, 이야기는 마무리해야 할 것 같았다.

"국장님께는 언제 말씀드릴 거니?"

"용기가 안 나요."

"그럼 꿈이 멀어지지!"

잠시 있더니 "빨리해야겠지요?" 묻기에 손을 힘껏 잡아주고 식당을 나왔다. 그리고 김 선생은 다음 해 봄학기에 박사과정에 진학했다. 지금은 간호학과 교수로 재직 중이다.

대부분의 대화는 언어로 정확하게 의사전달을 하지만, 그것만이 전부는 아니다. 세 살 아이가 아버지에게 복도에서 있었던 일을 설명할 수는 없었지만, 자신의 감정을 표현하는 데에는 언어가 필요하지 않았다. 복도를 때리는 행동이면 충분했다. 또 김 선생은 자신의 마음을 설명하는 대신 내게 눈빛으로 간절함을 보냈고, 나는 '빨리 말해. 용기 내.'라는 말 대신 손을 꼭 잡아주며 격려를 건넸다. 이렇듯 진정한 대화는 때로는 말보다 비언어적인 요소로 이루어질 때가 많다. 우리는 알아야 한다. 진심 어린 눈빛, 꽉 잡아준 손이 백 마디의 격려와 용기의 말보다 더 강하다는 것을 말이다.

말과 말 사이의
엇갈림

나는 어떤 사람으로 남고 싶었을까. 나는 늘 관계 속에서 편한 사람, 괜찮은 사람으로 기억되고 싶었다. 상대가 나를 어떻게 부르는지가 곧 나의 정체성이라 믿었고, 기대에 부응하기 위해 부단히 움직였다. 본래 관계란 서로의 고유한 존재가 온전히 맞닿아 울림을 만들어내는 과정이어야 하지만, 내게 관계는 상대의 기대를 채워주며 갈등 없는 평온함을 유지하는 방어 기제에 가까웠다. 대화할 때면 늘 밝은 분위기를 주도하려 애썼고, 혹 무거운 감정이 올라오면 본능적으로 덜어내려 했다.

가까운 사이일수록 듣기보다는 말로 공백을 메우려 했다. 상대의 표정이 어두워지면 농담을 건네거나 화제를 돌려 분위기를 가볍게 만들곤 했다. 상대의 슬픔이나 고민이 깊어질 기미가 보이면, 나는 함께 짊

어질 용기가 없어 서둘러 위로의 말을 던지거나 긍정적인 면을 찾아내려 애썼다. 그 순간에는 함께 웃었지만, 대화가 끝난 뒤 집으로 돌아오는 길에는 늘 설명하기 어려운 공허함이 밀려왔다. 내가 건넨 유머와 친절이 실은 상대의 진심에 닿지 못하게 만드는 벽이었다는 사실을 그때는 알지 못했다. 나는 관계를 살리고 있다고 믿었지만, 실은 가장 중요한 진실을 비켜 가고 있었는지도 모른다. 나의 친절은 진정한 연결을 위한 것이 아니라, 갈등이라는 불편함을 피하기 위한 안전장치에 불과했다.

왜 나는 그토록 대화의 공백을 견디지 못했을까? 대화가 멈추는 순간적 침묵은 내게 어색함을 넘어선 두려움이다. 정적이 흐르는 찰나의 시간 동안 내 머릿속은 바쁘게 돌아갔다. '내가 무슨 실수를 했나?', '상대가 지루해하고 있나?', '빨리 재미있는 이야기로 전환해야 해.' 침묵은 마치 내 대화 방식의 실패를 증명하는 성적표 같았고, 그 공백 속에서 나의 밑천이 드러날 것만 같아 불안했다. 공백을 메우기 위해 끊임없이 말했던 건 관계를 위해서라기보다, 내가 '좋은 사람'이라는 자리를 지키기 위해서였다.

타인의 인정에 목말랐던 나는 내 기준보다 상대의 기대에 나를 맞춰 왔다. 그것이 '좋은 사람'이 되고 싶은 내 깊은 욕구에서 비롯되었다는 사실을 뒤늦게 깨달았다. 말은 무수히 오갔지만, 서로의 마음까지는 닿지 못했다. 분위기는 무난했지만, 나 자신도 깊이 드러나지 않았다. 누구와도 잘 지내는 것처럼 보였지만, 사실은 누구와도 깊이 연결되지 못한 채 광장 한복판에 서 있는 기분이었다. 타인의 마음을 얻으려 애쓰는 동안 정작 내 마음은 차갑게 식어가고 있었다. '나는 나와 제대로 대화해 본 적이 있었을까?'라는 질문에 멈춰 섰을 때, 나에 대해 아는 것이 없다는 서글픈 사실을 마주해야 했다.

이 엇갈림을 가장 아프게 깨닫게 해준 계기가 있었다. 20년 넘게 알고 지낸 지인의 한마디였다.

"우현아, 나는 너에게 정말 많은 이야기를 해왔는데, 정작 나는 네 이야기를 많이 들어본 적이 없는 것 같아." 그 말을 들은 순간, 나는 억울함과 화가 동시에 밀려왔다. 함께한 세월과 무수한 대화가 한순간에 부정당하는 기분이었다. '내가 고민을 얼마나 들어줬는데', '얼마나 분위기를 맞추려 노력했는데'라는 보상 심리가 고개를 들며 입안에 뾰족한 말들이 맴돌았다. 하지만 화가 가라앉은 뒤에는 수치심이 들었다. 나는 잘 듣는 사람이라고 자부해 왔는데 실은 내 이야기로 상대가 불편해질까 봐, 혹은 내 약점이 드러날까 봐 철저히 나를 숨겨온 것이었다. 나는 듣는 척하며 나의 성벽을 쌓고 있었는지도 모른다.

이후 직장에서 겪은 결정적인 번아웃으로 5개월간 강제로 쉬어야 했다. 외부와의 관계를 의식적으로 끊어내고 나에게 집중하며 비로소 스스로에게 질문을 던지기 시작했다.

'나는 무엇을 좋아하지?'

'지금 이 시간을 어떻게 보내고 싶은 거지?'

쉬운 질문이었지만 답이 바로 나오지 않았다. 그동안 타인의 스케줄과 기분에는 예민하게 반응하면서 정작 내가 무엇을 원하는지, 내 마음의 날씨는 어떤지 살피는 데는 인색했기 때문이다. 매일 먹먹하고 답답했지만, 그 시간 속에서 처음으로 나에 대한 진실한 호기심이 생기기 시작했다.

5개월간 끊임없이 나에게 질문했고, 즉각적으로 올라오는 감정과 생각에 집중했다. 답을 찾기보다, 내 안의 울림에 귀 기울였다. 아무것도 하지 않아도 괜찮다고 스스로를 허락한 뒤에야 비로소 내면의 작은 목소리들이 들리기 시작했다. 그것은 때로 지친 울음소리이기도 했고, 때로는 새로운 시작을 꿈꾸는 설렘의 속삭임이기도 했다. 이전에는 '쓸모없는 감정'이라 치부하며 억눌렀던 것들이 실은 나를 구성하는 소중한 조각들이었음을 알게 되었다. 그렇게 처음으로 나와 대화하며 나를 알아가기 시작했다. 몰랐던 나의 모습이 조금씩 드러났다.

이 시간을 통해 깨달은 것이 있다. 내가 타인의 이야기를 끝까지 들지 못했던 이유는 정작 내 마음 앞에서도 오래 머물러본 적이 없었기 때문이었다. 내 안의 소란을 잠재우지 못한 채 상대의 말을 받으려 하니 과부하가 걸렸다. 중심이 없었기에 관계 속에서 흔들렸고, 상대의 말보다 내 안의 불안을 잠재우기에 급급했다. 이렇게 나를 모르고 있었다! 나를 알아가는 과정은 때로 아프고 당혹스러웠지만, 동시에 나라는 세계를 탐험하는 가장 흥미로운 여행이기도 했다. 이전의 대화가 '타인의 눈에 비친 나'를 가꾸는 작업이었다면, 지금의 대화는 '내 안의 진실한 나'를 만나는 과정이다.

대화는 끝이 아니라 시작이다. 나와 충분히 대화해야 타인과의 대화도 진실해질 수 있다는 사실을 뒤늦게 배우며, 오늘도 나를 향한 대화를 연습하고 있다. 엇갈린 관계를 바로잡는 열쇠는 결국 내 안에 있었다. 타인에게 향하던 시선을 거두어 내 마음의 중심에 깊게 닻을 내리는 것. 침묵 속에서도 나 자신과 편안하게 마주 앉을 힘을 기르는 것. 그것이 내가 배워 가는 대화의 첫걸음이다.

깨진 거울을
이어 붙이는 시간
45분

대화는 나를 증명하기 위한 도구인가, 상대를 연결하기 위한 통로인가. 전자에 매몰되어 후자를 잃어버리곤 했다. 대화가 여전히 풀리지 않는 이유는, '나'라는 존재를 통과하지 않은 대화는 결코 타인에게 닿을 수 없기 때문이었다. 무엇이 우리 사이를 가로막고 있는지 고민하던 끝에 본질을 마주했다. 소통의 문을 여는 열쇠는 밖이 아닌 내 안에 있었다. 그 열쇠를 찾지 못한 채 밖으로만 쏟아냈던 말은, 소통이 아니라 상대를 향한 날 선 무기에 가까웠다.

내 주장을 쏟아내느라 바빴다. 그 서슬 퍼런 말들 앞에 상대가 입었을 마음의 상처는 미처 보지 못했다. 대화의 현장에서 자주 길을 잃었다. 주장을 관철하는 데만 온 신경을 곤두세웠다. 목소리가 커질수록 상대는 마음의 입을 닫고 멀어져 갔다. 반대로 상대의 말이 길어질 때면 인내심이 금세 바닥을 드러냈다. '도대체 결론이 뭐야?'라는 조급함과 산만함이 차올라 상대의 말을 가로막으며 빨리 끝내고 싶은 마음뿐이었다.

가장 큰 문제는 상대의 피드백이 공격이나 무시로 느껴질 때였다. 그 순간 이성은 마비되고 날 선 감정이 튀어나와 말이 허둥대기 시작했다. 뒤늦게 '그때 이 말을 해야 했는데'라며 후회하고, 차마 뱉지 못한 말들을 들고 다시 상대에게 달려가고 싶은 미련만 가득했다. 대화는 그렇게 삐걱거리고 있었다.

소통이라는 이름 뒤에 숨어 자신과도, 타인과도 대화할 줄 몰랐다. 부끄럽지만 나만의 미숙한 대화 방식은 크게 세 가지였다. 첫째, 스몰토크가 빠진 건조함이다. 두 번째, 거두절미하고 본론만 들이미는 조급함이다. 마지막으로, 시시비비를 따지는 날카로움이다. 이런 방식은 채워지지 않는 갈증 같은 허전함과 서로를 할퀴는 상처를 남겼다.

무엇을 위해 그토록 날을 세웠던가. 결국 '내가 옳다.'는 증명이 소통보다 중요했기 때문이다.

말 온도가 공격이나 무시로 느껴질 때, 이성은 마비되고 피해의식이 그 자리를 채웠다. 상대의 말에 숨겨진 날카로움이 설령 있다 한들, 그것을 그 사람의 문제로 바라볼 수 있는 여유조차 없었다. 오히려 가시를

굳이 들춰내어 심장에 스스로 꽂으며 감정을 증폭시켰다. 결국, 대화의 끝은 패잔병처럼 서로의 상처만 부여잡고 쓸쓸히 돌아설 뿐이었다.

이 불통의 늪에서 빠져나올 밧줄은, 타인이 건네는 이해가 아닌, 자신을 대면하는 용기였다. 그만큼 자신과 대화가 어느 때보다 절실했다. 하지만 막상 마주 앉으려 하면, 진실을 직면하기보다 잠 속으로 숨어버리고 싶은 지독한 권태가 먼저 앞을 가로막았다. 권태는 대면하기 싫어 내세운 거부의 다른 모습이었다. 자신을 멀리하고 인정하지 않았기에, 마주하는 것은 두렵고 아득했다.

그런 내가 이제는 매일 나를 만난다. 어떻게 가능했을까? 비결은 아침마다 3쪽씩 써 내려가는 '모닝 페이지'에 있다. 줄리아 카메론이 그녀의 책 『아티스트 웨이』에서 소개했다. 뇌가 완전히 깨어나기 전 45분 동안 멈춤 없이 펜을 움직여 무의식을 쏟아내는 과정이다. 바보 같고 사소한 낙서여도 좋다. 핵심은 형식에 구애받지 않고 매일 아침 내면의 목소리를 활자로 마주하는 데 있다. 잡념을 쏟아내고 무의식을 마주하는 과정에서 나를 마주하는 법을 배운다. 형식 없는 낙서여서 좋았다. 피눈물 나는 쓴맛이 없어도 펜을 드는 것만으로 성찰은 시작되었다.

이제 매일 아침, 묻어둔 상처와 대화한다. 어디에도 드러낼 수 없는 자신도 몰랐던 낯선 폭력성과도 마주한다. 따뜻한 사랑의 마음과 대화한다. 그 과정에서 비로소 과거의 미숙했던 자신을 용서하고, 현재를 살아가는 나를 격려하며, 미래를 꿈꾸는 스스로를 마중할 수 있게 된다. 내면의 회의주의자와 맞서는 대신 그들을 조용히 잠재우며, 비로소 진정한 내 편이 되어 간다.

외면했던 내면의 목소리에 귀를 기울이자 원래 존재했던 온전한 나를 되찾았고, 자존감은 자연스레 회복되었다. 이제 스스로에게 너그러워졌다. 비난 대신 보살핌을 시작했다. 매일 3쪽을 채우는 끈기 자체가 더는 자신을 증명할 필요가 없는 강력한 '자기 신뢰'가 되었다.

이렇듯 내면의 목소리를 똑바로 마주하게 되자, 삶의 궤도가 완전히 바뀌었다. 자신과 대화를 피하기만 했던 과거의 불통은 사라지고, 온전한 나만이 남았다. 타인의 시선에 갇혀 증명하려 애쓰던 과거의 나는 이제 없다.

상대를 포용하지 못했던 이유는 자신을 진정으로 포용하지 못했기 때문이다. 무의식이 보내는 신호를 먼저 읽어내야 했다. 모닝 페이지는 내게 단순한 글쓰기가 아니라, 깨진 거울을 이어 붙여 온전한 나를 마주하게 하는 의식이다. 일기보다 깊고 명상보다 선명하다. 타인과 대화의 삐걱거림이 있다면, 자신과 더 긴밀한 대화가 필요한 때이다. 내 안의 소음이 정돈되어야 비로소 타인의 진심이 들리기 시작한다.

상대와의 대화가 자주 어긋난다면, 그것은 지금 당신의 내면이 보내는 간절한 신호일지 모른다.

꼭 『아티스트 웨이』를 따를 필요는 없다. 하지만 당신의 진심이 소통의 문턱에서 넘어진다면, 이 밧줄을 한 번쯤 잡아보길 권한다.

불통의 원인을 밖에서 찾으며 방황을 계속할 것인지, 아니면 내면의 목소리에 귀를 기울여 삶의 궤도를 수정할 것인지는 오직 당신의 선택이다. 누구에게도 보여주지 않을 비밀 정원을 가꿀지, 여전히 소음에 휩쓸릴지는 당신만이 결정할 수 있기 때문이다.

자신과의 관계가 편안해지면 타인과의 대화는 자연스럽게 풀린다. 꼬인 관계의 실타래를 모닝 페이지라는 펜 끝에서부터 풀어내 보라. 다른 세상이 펼쳐질 것이라 확신한다.

격려와
위로가 오가는
대화를 위하여

열심히 살아온

삶에 지친 당신 어깨에

따스한 손길을 얹고 싶어요.

도대체 나의 대화 스타일은 어떻게 만들어진 걸까? 생각해 보면, 평소에도 대화가 매끄럽지 않은 것 같다. 맘에 들지 않는 구석이 많다. 일방통행인 것 같다.

아흔여섯 살이어도 몇 시간을 일방적으로 이야기할 수 있는 아버지를 닮은 걸까? 많이 아는 것으로 잘난 척하고 싶고, 대화의 주도권을 놓지 않으려는 아버지.

솔직히 나는 독서광은 못되고, 책 읽기도 게을렀다. 그저 몸 움직여 노는 것을 좋아했다.

다만, 놀더라도 좀 잘난 체를 해야 하니 적당한 독서가 필요했다. 집에 있는 책들은 너무 어려웠다. 책의 주인은 나보다 나이가 훨씬 많은 삼촌이나 고모이니 당연했다. 하지만 있어 보이려 소크라테스의 철학책이나 프로이트 심리학책을 들고 다녔다. 몇 장을 읽기나 했을까?

아버지는 일제 강점기에 불법체류 노동자이셨던 할아버지를 따라서 일본에서 성장했다. 일본 후쿠오카에서 중학교를 나왔다. 그 시절 일본 백화점에서 '에스컬레이터'라는 걸 타 보았었다. 1940년대 일본에는 그런 신문물이 있었단다. 하지만 해방 후 대한민국으로 돌아온 아버지는 대부분을 특별한 직업 없이 보냈다. 그리고 술을 마시는 날마다 훈시는 계속 녹음기처럼 반복해서 나왔다. 마지막은 항상 'Boys Be ambitious'로 마무리되었다.

슬픈 아버지의 넋두리는 항상 일방통행이었고, 인정받지 못한 잘난 척이었다. 하지만, 나는 너무나 가난해서 아무것도 듣고 싶지 않았다. 학용품도 살 수 없어 늘 비참했다. 오빠들이 쓰고 남은 노트 뒷장을 모아 철심으로 노트를 만들어 썼다. 심지어 고등학교 시절에는 학교에 입고 갈 옷이 없어, 자선 행사에 가서 천 원짜리 블라우스와 바지를 사서 입고 학교에 갔다. 경제력이 없는 아버지를 원망했다. 아버지의 대화는 일방적인 넋두리였다.

그에 비해, 엄마와의 대화는 언제나 즐거웠다. 날마다 집에 오면 학교에서 있었던 모든 일들을 말하고 또 말하며 꾀꼬리가 되었다. 이야기를 이렇게 재미있게 들어 주는 사람이 있다는 것이 행복했다. 엄마는 아버지와 아주 다른 대화를 했다. 남들 앞에 나서지 않고 편하게 대해 주었다. 실제로 본인은 많은 말을 하지 않았다.

엄마에게 대화란 주도권을 쥐기 위한 쟁탈전이 아니었다. 관심과 호기심으로 상대방을 바라보며 궁금해했다. 상대방의 새로운 면을 이해해 나가는 과정이었다.

중간에 한 번씩 들어가는 유머는 정말 재미있었다. 첫 출산을 한 언니에게 웃으며 "아줌마!"라고 불렀다. 역시 우리 엄마 최고였다.

아버지와 엄마가 섞인 나는 가난을 헤쳐 나오며 치과의사가 되었고, 이제 쉰아홉 살이다.

엄마가 돌아가신 지도 25년 지났다. 미워했던 아버지도 이제는 아흔여섯 살의 노인이다. 34년째 내가 보호자로 돌본다. 아버지는 옛날만큼 힘이 없다. 하지만, 여전히 우리 대화는 원만하지 않다.

그래도 이제는 연민이 있다. 코칭을 배웠기에 더 듣기 위해 노력할 수 있다. 좀 더 기다릴 수도 있다.

대화에는 듣는 힘이 필요하다.

왜 엄마와 대화는 행복했었을까? 이제는 나도 엄마처럼 대화하고 싶다. 대화에 온기를 담고 싶다.

사실 가장 많은 대화 대상은 환자분들이다. 30년 넘게 개업하다 보니 환자들과 함께 나이를 먹어 간다. 어린이였던 환자들이 결혼해서 오고, 또 자녀들과 오기도 한다. 주로 50대와 60대다. 우리에게는 세월을 함께 보낸 동지애가 있다. 주치의로 환자와 진짜 가족처럼 지내고 싶다.

내가 느끼기에 대화란 시작부터 준비할 필요가 있다.

먼저 마음을 열어야 한다. 상대방을 받아들일 준비가 필요하다. 마음을 허락한다. 눈을 최대한 마주친다. 그리고 편안한 목소리로 시작한다.

진료를 시작할 때면 새로운 친구를 만날 때처럼 호기심이 생긴다. 나도 신기하다. 환자를 대할 때마다 최대한 마음의 빗장을 열고 친구가 되어 말을 걸어 본다. 어떻게 지내는지 무엇이 즐거운지 궁금하다.

질문을 시작하면 이야기보따리가 풀린다. 남편이 아프다, 남편이 맘에 안 든다, 늙어보니 걱정이 된다, 아이들이 결혼한다, 전원주택을 지었다, 시골 생활이 즐겁다, 일이 많아 무섭다, 무성한 잡풀이 무섭다, 나이가 들수록 건강이 최고다, 우리 함께 건강하게 지내자, 오래 만나자.

"우리 남편이 여든둘에 돌아가셨는데, 병실에 입원해서 날마다 노래를 부르더라고. 그러더니 손을 잡고 '여보, 나 간다. 잘 있어.' 하더니 손을 잡고 돌아가셨어."

"진짜로? 어머님은 부부싸움 한 번도 안 하셨겠네."

"응. 우리는 한 번도 안 싸웠어."

90살이 다 된 나이 든 할머니와의 짧은 대화에서 새로운 인생을 배우게 된다. 평생 한 번도 안 싸우고 마지막도 손을 잡고 이별을 한 노부부의 이야기. 진정한 동반자로서 부부란 무얼까? 우리 몸은 유한하고 때로는 이별을 준비해야 하는데 어떤 게 더 나은 걸까? 나의 몸은 진료실에 한정되어 있지만, 서로 나눈 대화 속에서 새로운 삶을 배운다. 삶의 교훈과 느낌을 다시 새기게 된다. 그렇게 환자와의 짧은 대화에서 인생의 지혜를 배운다. 그분들이 몸으로 겪어낸 삶의 이야기가 나에게는 살아있는 교과서다.

우리의 감정이 편하게 만나는 순간이 있다. 나이에 상관없이 친구가 되고 사랑스럽게 다가온다. 편하게 사소한 것들까지 궁금해진다. 가슴 속에 몽글몽글 피어 나는 게 있다.

이 옷은 무슨 이유로 입은 걸까? 오늘은 왜 더 피곤해 보이는 걸까?

질문 한 마디에 환자들의 마음이 열리는 순간을 만날 때 최고로 기쁘다. 단순히 의사와 환자의 관계가 아니라 이제 새로운 관계로 발전하는 거고, 우리는 친구가 되는 거다. 이젠 시간이 흘러 환자들은 나이가 들고 배우자들과 사별하게 되었다. 외롭지만 다시 홀로 삶의 무게를 져야 한다. 짠한 마음에 가슴이 아리다. 인간에게 외로움이란 숙명 같은 것일까?

대화를 시작하기 전에 호흡을 들이마시고 마음을 열어보자. 눈빛에 따스함을 담아보면 어떨까? 작은 행동 하나에 온기를 보내고 싶다. 시간이 지날수록 엄마의 따스하고 정겨운 대화가 그립다. 이제는, 엄마의 목소리가 되어보자.

말하지 못한
마음과의 대화

하루에도 수많은 말을 하지만 정작 중요한 순간에 말이 나오지 않는다. 억울한 일을 겪고도 말하지 못한 채 돌아서며, 그때 왜 아무 말도 못 했을까 후회한다.

아홉 살 때 늦은 봄날 보리타작을 하고 온 오빠가 세숫비누를 사 오라고 했다. 돈을 주지 않고 사 오라 했지만 돈은 어떻게 할 건지 물을 용기가 없었다. 없으면 없는 대로 살아야 한다고 생각했다. 돈 없이 외상으로 세숫비누를 사러 가는 것이 힘들었다. 지금도 가게 앞에서 들어가지 못하고 서 있었던 기분을 또렷하게 기억한다. 지금 생각해 보면 "오빠 돈은?" 하고 한마디만 했었다면….

열두 살부터 열아홉 살까지 거의 매일 새어머니의 욕설을 들으며 잠에서 깼다. 욕은 늘 "저 더러운 년", "잡년"으로 시작했다.

새어머니는 마흔이 넘어서 초혼으로 시집왔다. 사별한 아버지, 우리 형제자매 여섯 명, 농사일, 집안일이 많았다. 대식구인 우리 집에서 사는 게 꽤 힘들었을 것이다. 그 어려움을 욕으로 쏟아냈다. 욕은 점점 더 거칠고 잦아졌다. 오빠와 언니들은 모두 집을 떠났다. 나와 어린 남동생만 남았다. 거의 모든 일에 "배울 때 제대로 배워야 한다."라며 간섭했고 "이런 년이 밥을 먹냐?", "네 어미는 이런 개년을 낳고 미역국을 먹었냐?" 같은 지금 생각해도 무서운 욕설을 했다. 사는 것이 힘들어서 매일 죽고 싶었다. 내가 죽으면 동생이 걱정돼 참고 침묵하며 살았다. 매일 밤, 베개가 젖도록 울었다. 지금 와서 생각해 본다. 그때 "왜 그런 욕을 하세요?"라고 되물었다면 어땠을까?

서른 살쯤으로 기억한다. 따로 봉사활동을 하진 않았다. 생활 속에서 작은 배려를 실천하려 노력했다. 예를 들어, 화장실에서 손을 씻은 뒤 깨끗한 수건으로 닦을 때의 기분처럼, 남에게 작은 편안함을 주고 싶었다. 25년 전 내가 다녔던 시골 사무실에는 요즘처럼 종이수건이 없었다. 그래서 집에서 세탁기를 돌릴 때 사무실 수건도 함께 빨아 수건걸이에 걸어두었다. 그것이 작은 봉사였다. 어느 날, 사무실에 귀한 손님이 왔다. 마을 분들이 음식 준비를 도우러 왔다. 나는 전체 음식을 총괄

하며 준비했다. 행사는 성황리에 끝났다. 남은 음식은 마을 분들이 모두 가져갔다. 하나도 남김없이. 큰 검은 봉지에 사용한 수건들을 담아 사무실로 가져왔다. 그때 직원들의 눈빛이 이상했다. '남은 음식을 저 검은 봉지에 챙긴 거 아니야?'라는 생각이 담겨 있는 것처럼 느껴졌다. 설명하지 않았다. '내 마음만 안 그러면 되지, 굳이 말할 필요 있나.' 하고 넘겼다. 하지만 지금 생각하면 후회가 크다. 그때 검은 봉지를 열어 '행사 때 쓴 수건이에요. 집에서 빨래해 오려고요.' 한마디면 충분했는데.

최근, 일을 하다 특혜를 줬다는 오해를 받은 일이 있다. 내가 볼 때 특별한 내용도 아니고 보편적인 내용이었다. 별일 아니라고 생각했던 것이 오해를 낳아 소문이 파다했다. 내 앞에서 특혜를 줬다고 말하는데도 내 의도는 그게 아니라고 말하지 못했다. 내 말을 들어줄 것 같은 사람에게 억울하다고 말하고 다녔다. 어둠 속에 열쇠를 잃어버리고 밝은 가로등 밑에서 열쇠를 찾는 어리석은 사람 같아 스스로 안타까웠다.

코칭을 배우면서 알게 되었다. 말하지 못한 마음은 시간이 지나도 사라지지 않고 오히려 갈수록 깊은 상처로 남아 자존감을 갉아먹는다는 것을. 어떻게 해야 할지 몰라 이 방법 저 방법 써봤다. 그러다 코칭을 배울 초창기, 상호 코칭을 했던 정지윤 코치의 '자신과 대화'를 시작해 봤다. 처음 대화에서는 말하지 못한 것이 당황스러워서 그랬다고 생각했다. 그러면 항상 그런가? 마음이 편안할 때는 당황해도 말을 잘한다. 마음이 급하고 잘 보이고 싶은 마음이 클 때 주로 말이 안 나온다고 생각했다. 요즘은 내가 할 수 있는 것, 잘하는 것만 한다는 사실도 알아차렸다. 상대에 따라 분위기에 따라 변해야 하는 데 변하지 않아서 그럴 수도 있다는 생각까지 이르게 되었다.

많은 종류의 대화 중 나와의 대화를 즐기는 이유는 단순하다.

누가 뭐래도 남에게 잘 보이기보다 나를 먼저 생각하게 된다. 예전에는 어떻게 그럴 수가 있어 상대를 원망했다. 이제는 상대방이 어떻게 나올지를 철저하게 대비하는 지혜를 가지려고 노력한다. 작은 마음가짐이지만 큰 변화다.

서툴지만 연습한다.

"돈은 어떻게 할까요? 외상 심부름은 싫은데 세숫비누 없이 세수하면 어때요?"

"외상 세숫비누 사러 가기가 불편한데 꼭 세숫비누로 세수해야 할까요?"

"왜 그렇게 욕하세요? 더러운 개년은 나에게 하는 말인가요?"

"더러운 개년이라고 하셨는데 더러운 개년의 근거는 무엇인가요?"

"더러운 개년이라고 하셨는데 그 욕을 한 지금 어떤 감정이 느껴지나요?”

“도우러 온 사람에게 고생했으니, 음식은 가져가라 했고 대신 수건은 집에서 깨끗하게 빨아서 걸어둘게요.”

“내가 말한 것이 특혜라고 생각하는군요. 좀 더 자세히 말해주시겠어요?”

전에는 못했던 것을 나와의 대화를 통해 알아가고 대비하는 지혜를 삶에 더한다.

또한 대화를 통해 진정 원하는 것은 무엇일까, 10년 뒤에 어떤 모습일까, 상상해 본다.

존재 가치를
느끼게 해준
아버지의 대화

부모님은 부산 명지에서 농사를 지으셨다. 명지는 김해평야와 맞닿아 있어 평야가 매우 넓었다. 부모님은 근면 성실하셨고, 농토를 일구어 내가 태어나기 전에 자수성가하셨다. 동네에서 신임받으셔서 지역 발전에 필요한 조직의 장도 여럿 맡으셨다. 농토가 넓어 농사일도 많으셨다. 매우 바쁜 일상에도 불구하고 아버지는 우리들과 함께 많은 일상을 공유하고 대화하셨다.

농촌진흥청 후원으로 농업 기술 연수차 일본을 다녀오곤 하셨다. 한번은 일본에서 큰 봉지에 담긴 노란색의 카레 가루를 사 오셨다. 3분 카레가 나오기 한참 전이라 동네에서 카레를 맛본 친구는 한 명도 없던 시절이었다. 아버지는 며칠 뒤에 남포동 국제시장에서 주황색 테두리가 둘린 고급스러운 양식 접시 세트까지 사 오셨다. 1932년 일제 강점기에 태어난 분이시다. 더군다나 1980년대 초, 남자가 부엌에서 요리하는 일은 흔치 않던 시절이었다.

아버지는 일본에서 카레 만드는 법을 꼼꼼히 메모한 수첩을 펼쳐놓고 즐겁게 요리하셨다.

근사한 서양식 접시에 담긴 노란 카레는 우리가 처음 맛보는 이국 요리였다. 우리는 그 맛에 환호했다. 그 후 카레는 아버지의 단골 요리가 되었다. 우리가 좋아한다는 걸 아시고는 가끔 특식으로 만들어 주셨다.

식사 시간은 늘 부모님과 함께 4남매가 둘러앉아 대화하는 시간이었다. 아버지는 재미있는 이야기를 들려주시며 우리의 식욕을 돋우곤 하셨다. 명지는 바다와 강이 만나는 삼각지다. 짭짤이 토마토로 유명한 대저가 바로 옆 동네다. 부모님이 텃밭에서 가꾼 토마토도 대저 토마토만큼이나 짭짤하니 맛있었다.

"영국 의사들은 토마토가 나는 봄철을 제일 싫어한대.", "왜요?" 우리는 눈을 동그랗게 뜨고 아버지를 바라보았다. "토마토 먹고 사람들이 건강해져서 병원에 환자가 안 오거든." 아버지는 익살스러운 표정을 지으셨다.

아버지의 대화에는 근엄함이나 지시가 없었다. "이것 먹어라.", "저것 하지 마라." 같은 명령 대신, 재미있는 이야기와 익살로 우리에게 알려주셨다. 아버지의 대화는 통제의 언어가 아니라 공감의 언어였다. 강요하지 않았기에 거부감이 없었고, 가르치려 들지 않았기에 우리는 자연스럽게 배웠다.

아버지의 서재에는 다양한 종류의 책이 가득했다.

"책 좀 읽어라.", "공부 좀 해라." 이런 말 대신 방 3면에 책장을 채우고, 한가운데 소파와 탁자를 놓았다. 우리 눈높이에 맞는 만화책부터 시작해서 차츰 문학책까지 시간이 지나며 책들이 늘어갔다.

아버지는 조용히 독서하시며 기다리셨다. 우리가 심심할 때 자연스럽게 손이 가도록. 우리 스스로 책과 대화할 수 있도록.

부모는 아이에게 무엇을 하라고 말하기보다 자녀가 자연스럽게 그것을 선택할 수 있는 환경을 만들어 주는 것이 얼마나 중요한지 깨달았다.

아버지는 귀가하실 때 문을 열고 바로 들어오시는 법이 없었다. 현관 앞에서 일부러 "음, 음." 하고 헛기침하신다. "아무도 안 계십니까?" 유머 섞인 아버지 목소리가 들린다.

그 소리를 듣자마자 우리는 현관으로 달려가 "아버지, 다녀오셨습니까?" 하며 즐거운 목소리로 아버지를 맞이한다. "어, 안에 있었네…. 인사성도 밝구나." 하시며 등 뒤에서 과자를 꺼내 보이셨다.

우리가 TV에 빠져 있다는 사실을 아버지는 이미 다 알고 계셨다. 그럼에도 "왔는데 인사도 없냐?"는 말로 우리의 태도를 바로 세우려 하지 않으셨다. 지적하는 대신 스스로 바르게 행동할 기회를 주신 뒤 칭찬하셨다.

봄 방학마다 새 학기를 맞이해서 우리의 성장을 축하하는 특별한 의식이 있었다. 작년 달력을 꺼내 마루에 펼쳐놓고, 자로 재고 연필로 금을 그어 일정한 크기로 자르는 일. 그렇게 만든 종이로 우리 4남매의 교과서 표지를 한 권 한 권 감싸는 일이다.

남동생 세 명이 줄줄이 입학하면서 교과서 수가 늘어났지만, 매년 누구 것 하나 소홀하지 않고 책 표지를 입혀주셨다.

우리 남매는 옆에서 지켜보며 자연스럽게 대화를 이어갔다.

"아버지, 산수 과목은 알겠는데, 자연은 뭘 배우는 과목이에요?"

"노래 부르는 거랑 그림 그리는 거, 뭐가 더 즐겁고 신나냐?"

아버지는 손을 멈추시고 우리를 바라보면서 물어봐 주셨다. 우리는 답을 하며 새 학기에 대한 기대에 마음이 부풀곤 했다.

아버지는 그 시간을 통해 우리에게 말씀하신 것이다.

"너는 결과로 평가받는 존재가 아니라, 과정 전체를 응원받는 소중한 존재다."

아버지의 응원은 우리에게 든든함 그 자체였다.

나는 어른이 되는 과정에서 많은 시행착오를 겪었다. 실패도 여러 번 하였지만 신세 한탄만을 하며 포기하지는 않았다. 결과로 평가하지 않고 늘 존재 자체를 응원해 주신 아버지 덕분이다.

"부모님과는 대화가 안 돼요."

"우리 아이는 저랑 대화하는 것을 차단해요."

라이프 코칭 현장에서 가장 많이 듣는 고민이다.

청년 라이프 코칭을 하다 보면 우울증과 불안증 약을 먹는 20대 청년들이 많아 가슴이 아프다. 그들이 호소하는 고통의 근원을 거슬러 올라가면 대부분 부모와의 관계에 닿아 있는 사실을 마주하게 된다. 부모가 자녀를 위해 거창한 것을 해야 하는 것은 아니다.

아이에게 좋은 교육 기회를 주는 것도 중요하지만, 그보다 먼저 부모가 가르쳐야 할 가치가 있다. 가족과 함께 밥을 먹고, 서로의 하루를 나누고, 힘들 때 안아줄 사람이 곁에 있다는 안정감. 그 안에서 아이는 자신이 사랑받는 존재임을 배운다. 이런 뿌리가 단단한 아이는 어디를 가든 무엇을 하든 자신의 길을 찾아간다.

어린 시절, 아버지로부터 "사랑한다"라는 말을 들어 본 기억이 없다. 그러나 우리 4남매는 충분히 사랑받고 존중받는다고 느끼며 자랐다.

대화는 자녀에게 '너는 소중한 존재'라는 것을 확인 시켜주는 전달이다.

당신의 대화는 지금 자녀에게 무엇을 확인시켜 주고 있습니까?

들썩거리는
감정 2g을
덜어내고

한 박자 호흡을 고르자. 들썩이는 감정 2g만 덜어내고 대화를 시작해 보자. 대화는 입술을 떼기 전, 눈빛과 몸짓이 건네는 신호에서 이미 시작된다. 정제되지 않은 감정은 날것의 무게 그대로 상대에게 전해지기 때문이다.

표정의 미세한 떨림, 어깨의 각도, 멈춘 숨결까지…. 굳이 다음 말을 서둘러 잇지 않아도, 그 고요함의 여운은 대화의 빈틈을 충분히 채워준다. 코호흡으로 내면의 질서를 잡으며, 정돈된 마음으로 대화를 시작해 보자.

대화가 어긋나는 이유는 말솜씨나 화술의 부족 때문이 아니다. 말의 내용보다 그 안에 담긴 감정의 무게가 더 크게 전달되기 때문이다. 눈빛과 숨소리, 내면의 감정은 숨길 수 없다. 서양인은 정확한 표현으로 대화하고 판단하지만, 동양인은 몸의 언어를 대화로 생각한다. 눈치, 눈빛에서 대화의 절반은 이미 결정되거나 전달된다. 동양 문화권에서는 말 자체보다 상황(Context)과 비언어적 신호에 체화됐다. 눈치와 체면 문화다. 말을 하는 사람의 이해와 책임도 동서양에 차이가 있다. 동양은 듣는 사람이 눈치껏 알아들어야 한다면 서양은 말하는 사람이 똑바로 설명해야 한다. 서양은 텍스트를 통해 정보를 전달하는 발화자 중심 문화라면, 동양은 맥락을 읽어내야 하는 청자 중심의 문화라고 할 수 있다.

지금도 잊히지 않는 대화가 있다. 그것은 말이 아니라 몸으로 전해지던 대화였다. 결혼 초, 시집살이가 힘에 부칠 때였다. 시댁 작은어머니는 아무 말 없이 나를 바라보며 눈빛으로 말씀하셨다.

"네 마음, 알아."

그 눈빛은 "얼마나 힘드니?"라고 묻는 것보다 더 깊이 마음에 닿았다. 나는 울컥 차오른 감정을 애써 삼킬 수밖에 없었다. 그때 알았다. 대화란 말보다 먼저 마음이 전해지는 일이라는 것을.

꽃향기가 바람을 거스를 수 없듯, 사람의 향기 또한 입을 다물어도 자연스럽게 배어 나온다는 것을.

상대를 온전히 존중하는 태도란 대단한 화술이 아니다. 감정의 무게를 관리하는 태도다. 한 박자 호흡을 고르자. 들썩거리는 감정 2g만 덜어내고 대화를 시작해 보자. 무게를 덜어낸 대화는 이미 좋은 대화다. 덜어냄은 단순히 화를 참는 일이 아니다. 상대를 다치게 하지 않겠다는 배려이자 여유를 지키는 일이다. 날 선 감정의 파편을 내려놓고 대화를 시작할 때, 비로소 보이지 않던 상대의 진심과 대화의 본질이 보인다. 좋은 소통이란 가득 채워 쏟아붓는 말이 아니다. 덜어낸 그 빈자리에 상대가 편안히 머물 수 있는 마음의 틈을 내어주는 일이다. 진심이 닿지 않으면 대화는 길을 잃는다.

나는 슬로패션 교육과 연구를 병행하며 활동하고 있다. 공방에서 교육을 진행하고 외부 출강도 한다. 빠르게 변하는 세상 속에서 한 땀 한 땀 정성을 들여 교육생들과 함께 옷을 짓고, 삶을 짓는다. 옷을 짓는 일은 곧 삶의 방향을 짓는 일이기 때문이다. 각자의 속도를 존중하며 천천히 스며드는 삶을 배워간다. 슬로패션을 교육한다는 것은 단순히 옷을 만드는 기술을 가르치는 일이 아니라, 따뜻한 삶의 방식으로 이어지는 가치를 나누는 일이다. 그리고 그 과정은 존재를 더욱 가치 있게 만들어 간다.

그러나 관계 속에서 대화가 언제나 순조로운 것은 아니다. 수강생과의 말 한마디, 질문 하나에서 감정이 어긋나는 순간을 마주하기도 한다. 그럴 때마다 말보다 앞서, 이 감정을 어떻게 안고 가야 할지 스스로에게 묻는다. 부딪히자니 선생으로서 옳지 않은 것 같고, 참자니 마음이 쉽게 가라앉지 않는다.

'지금, 이 대화에서 지키고 싶은 것은 무엇인가.

정답을 말하려 애쓰고 있는가, 관계를 지키려 애쓰고 있는가….'

시간이 지나면서 알게 된 것은, 부딪히지 않고 가는 과정 또한 교육의 일부라는 사실이다. 가르침은 설명으로 끝나지 않고, 이해하려는 태도에 있다. 이해되지 않는 태도에도 이유가 있을 거라고 한 번 더 생각해 본다. 그래! 호흡을 가다듬고 감정을 덜어내고 천천히 말을 건넨다. 말로 드러나지 않은 상황을 상상해 보는 일. 이 과정은 상대를 위해서라기보다 먼저 마음을 편안하게 함이다. 이런 과정을 거쳐 마음이 가라앉고 나면 상대를 대하는 대화는 달라진다. 관계도 달라진다.

2019년쯤으로 기억된다. 자세하게 설명하기는 그렇지만, 처음 계약했던 강사료와 통장에 입금된 강사료가 달랐다. 확인하는 순간 황당한 마음에 숨도 고르지 않은 채 전화했다가, 다음 학기 강의를 하지 못하게 되었던 일도 있었다. '직설적인 화법'이 상대를 불편하게 하는 예우와 상황을 먼저 살피지 못한 뼈아픈 교훈을 얻은 셈이다. 그때 나의 부족한 화법을 깨닫고 반성을 많이 했다.

좋은 대화의 시작은 관계를 여는 단추다. '왜 그렇게 했어요?'가 아니라 그때 어떤 마음이었을지 궁금해요. '그건 틀렸어요!'가 아니라 나는 이렇게 느껴졌어요. '그래서 결론은 뭐죠?'가 아니라 조금 더 들어도 괜찮을까요?

이 말들을 연습하고 있다. 답이 없어도 계속 말을 건다. 상대가 다르게 느낄 수 있음을 상상하면서. 작은 태도의 변화가 공감과 이해를 조금씩 자라게 한다는 걸 기대하면서.

지금, 답을 원하는가 아니면 이해를 원하는가? 이 대화가 끝난 뒤에도 이 사람과 다시 마주하고 싶은가?

나와의 대화는 속도 늦추기 연습이다. 첫 마디를 던지기 전, 한 박자 쉬는 일이다. 그 쉼표 하나가 내 마음에, 상대의 마음에 들어갈 공간을 만든다. 대화의 시작은 기술이 아닌 태도이기 때문이다.

나는 당신을 변화시키러 온 사람이 아니라, 당신을 이해하려고 여기에 있다는 조용한 신호이기 때문이다. 그래서 오늘도 나와 대화한다. 다른 사람과의 대화가 조금 더 따뜻한 방향으로 이어지기를 바라면서.

나를 이해하지 못하면, 누구도 제대로 이해할 수 없다. 우리의 차이는 틀림이 아니라, 살아온 시간의 다름이다. 이해되지 않는 말과 태도 뒤에는 다른 경험이 있음을 인정하라는 메시지이기도 하다.

대화란 옷매무새를 만지는 태도와 같다.

2g의 감정을 덜어내고 대화하는 습관을 가져보자. 서두르지 않아도

괜찮다. 크게 말하지 않아도 충분하다. 입술로 내뱉기 전, '침묵의 거름 망'을 흔들어 보자. 감정, 무게를 견뎌내는 내면의 근력을 키워가는 훈련이다. 대화의 주도권은 목소리가 큰 사람에게 있는 것이 아니다. 한 호흡을 고르며 최선의 언어를 선택할 줄 아는 사람에게 주어진다.

호흡의 여백을 주도하는 것, 그것은 쉽고도 어려운 절제를 통해 나를 지키고 관계를 살리는 가장 품격 있는 대화법이다.

지금, 이 순간 무엇을 더 말하기보다 어떻게 말할 것인가를 스스로 다듬어 가는 훈련 그것이 우리가 삶 속에서 익혀야 할 태도다. 오늘 할 수 있는 작은 변화이자 좋은 대화를 위한 태도다.

대화에는 마음이 필요하더라고요

학교생활 때문에 힘들어하는 한 자녀가 있다. 그 모습을 바라보는 부모는 걱정이 앞서 잔소리가 늘어난다. 아이는 이해받지 못하고 있다는 느낌을 받아 더 답답해지는 듯하다. 부모의 말을 무시한 채 문을 쾅 닫고 자기 방으로 들어간다. 그 태도를 본 부모는 목소리를 높인다.

"왜 물어보면 대답도 하지 않고 방에만 있는 거야?"

서로의 말과 반응이 고리처럼 엮여 반복된다. 누가 더 잘못했는지 말하기보다 어떤 방식으로 움직이고 있는지 들여다볼 필요가 있다. 가족 간의 갈등은 한 사람의 문제가 아니다. 관계 안에서 영향을 주고받으며 만들어진 결과다.

아버지는 '독불장군' 같은 분이었고 나는 아버지의 '아바타'처럼 살아야 했다. 그가 화를 낼 때면 무얼 잘못했는지 이해되지 않았다. 맞서 보기도 했지만, 그럴수록 돌아오는 건 처벌이었다. 아버지가 갑자기 여행을 가자고 하며 우리를 깨웠다.

"지금 5시니까 5시 15분까지 준비해서 나와."

아버지는 우리에게 가능한지 묻지 않았다. 말이 떨어지면 15분 만에 나오는 것이 우리 가족의 소통 방식이었다. 그 방식은 어느새 나도 모르게 익숙해 있었다.

가장 가까운 남편에게도 똑같이 하고 있었다. 처음에는 내가 그러고 있는 걸 전혀 몰랐다. 엄마가 "너 남편한테 왜 그렇게 말하니?"라고 말해도 와 닿지 않았다. 남편이 회사 이야기를 꺼내면 나는 말했다.

"그런 회사 왜 다녀? 당장 그만둬."

남편을 격려하고 싶었으나 선택권을 빼앗고 있었다.

엄마의 말을 인정하게 된 계기가 있었다. 어느 날, 상담하던 중이었다. 내담자가 마치 봇물 터지듯 말하는데 숨이 막히는 듯했다. 그때까지만 해도 내담자의 대화 방식 때문이라고 생각했다. 그 장면이 낯설고 불편했다. 상담자로서 개입하지 못한 채 입을 꾹 다물고 있었다. 슈퍼비전 시간에 그 반응이 바로 '역전이'였다는 것을 알게 되었다. 역전이는 상담자가 자신의 과거 경험을 내담자에게 반응하는 현상이다. 그 제야 깨달았다. 내 안에 어릴 적 아버지와 불편했던 관계가 남아있다는 것을. 그대로 남편에게 반복하고 있었다. 부끄러웠지만 더는 도망치지 않기로 했다. 가장 먼저 남편에게 사과했다.

"그동안 당신을 힘들게 했어. 정말 미안해."

그렇게 2년쯤 지났을 무렵, 남편과 영화를 보고 돌아오는 길에 그가 말했다.

"자네는 정말 많이 변했어. 날이 갈수록 더 나은 사람으로 성장하는 것 같아. 그래서 요즘 나도 감정을 더 솔직하게 표현할 수 있게 되었어. 고마워."

그 말을 듣는 순간 깨달았다. 대화를 나누는 방식이 어떤지에 따라 관계가 얼마든지 달라질 수 있다는 것을. 그날 밤, 남편이 말했다.

"회사에서 좀 힘든 일이 있어."

"무슨 일이 있어? 괜찮아?"

남편은 천천히 이야기를 풀어내기 시작했다. 그날 이후 그는 더 이상 혼자 견디지 않는 듯했다.

이 변화를 알아봐 준 사람은 또 있었다. 어느 날 이모가 말했다.

"이제는 너도 말하는 게 부드러워지고 대화할 때 한결 마음이 편안해 보이더라."

그 말을 들었을 때 오랫동안 굳어 있던 관계와 마음의 벽이 조금씩 허물어지는 느낌이 들었다.

상담 공부를 통해 나에 대해 오래 들여다보았다. 삶의 방향이 변화되기까지 3년이 걸렸다. 그 과정에서 말과 마음이 얼마나 다를 수 있는지 처음으로 실감했다. 대화란 혼자 하는 독백이 아니라 누군가와 함께 머물며 주고받는 소통에 가깝다.

드라마 한 편이 떠오른다. 〈이 사랑 통역 되나요?〉다. 남자 주인공 주호진의 직업은 통역사다. 그는 서로 다른 언어를 번역하고 전달하는 일에는 능숙하다. 하지만 그는 정작 여자 주인공 차무희의 말은 쉽게 받아들이지 못한다. 반대로 그녀는 자기 말 뒤에 숨은 마음을 알아봐주길 바란다. 그러던 중 그는 말의 의미보다 마음을 이해하려는 쪽으로 태도를 바꾸기 시작한다. 그때부터 두 사람의 대화는 서서히 다른 방향으로 흐른다. 이 드라마를 보면서 문득 이런 생각이 들었다. 대화가 엇갈리는 이유는 상대의 마음을 다시 살피기보다 내가 이해한 방식으로 받아들이기 때문은 아닐까?

당신은 어떤 방식으로 대화하고 있는가? 상대를 이해하는 중인가. 아니면 설득하려 하고 있는가. 나 역시 익숙한 말투와 반응으로 대화를 이끌어 가고 있지는 않았는지 돌아본다. 대화에는 마음이 필요하다. 말의 방향을 설득에서 이해로 바꾸는 순간 마음이 전해진다. 오늘의 대화에서 당신은 상대방의 말에 먼저 반응했는가. 아니면 그 말 뒤에 숨은 마음을 보았는가.

말은 오갔지만,
대화는 아니었다

우리는 하루에도 수없이 말을 주고받으며 살아간다. 하지만 말을 나눌수록 묻게 된다. 정말 대화를 나누고 있는 걸까? 마음을 다 전했다고 믿었는데도, 그 말이 상대에게는 조금도 닿지 않는 듯하다. 대화는 겉돌고, 서로를 향한 오해는 깊어진다.

오랫동안 착각하며 살았다. 말을 쏟아내기만 하면 대화가 이루어진다고 믿었다. 현실은 생각보다 냉정했다. 같은 말을 일곱 번이나 반복해도 돌아오는 대답은 늘 제자리였다. 여덟 번째에 이르러서야 드디어 내 말이 상대에게 닿았다. 말이 달라진 건 아니었다. 그저 상대가 들을 준비가 되었을 뿐이었다. 그때 알았다. 상대의 마음이 닫혀 있으면 아무리 절실한 말도 허공으로 흩어진다는 걸.

그 무렵 나는 끝이 보이지 않는 일 속에 파묻혀 있었다. 구성원을 인터뷰하고 자료를 분석해 변화 방향을 설계하는 일이었다. 그에 맞는 코치를 찾아 잇는 것까지가 내 몫이었다. 매년 반복되는 일이지만, 그해는 감당해야 할 인원이 세 배로 늘었다. 구상은 마쳤지만, 다음 단계로 넘어갈 엄두가 나지 않았다. 하루를 버텨내는 것만으로도 벅찼다. 두 달이 넘도록 연락 한 통 하지 못했다. 누군가는 기다리고 있을 텐데. 끝내지 못한 일을 뒤로한 채 또 다른 일정이 이어졌다. 그런 날이 거듭될수록, '나는 무능한 사람인가'라는 질문이 머릿속을 떠나지 않았다.

도저히 참지 못해 팀장에게 말했다. "이 일을 마치면 한 달 정도 쉬고 싶어요." 그는 내년을 이야기했다. 같은 상황이 반복되지 않으려면, 지금 혼자 감당하고 있는 일을 본부 담당자들과 나눠야 한다고 했다. 맞는 말이었다. 하지만 그 말을 듣는 순간, 마음이 먼저 내려앉았다. 이미 해둔 분석과 설계를 그들에게 설명해야 한다는 뜻. 그만큼 일이 늘어난다는 얘기이기도 했다. 더 나은 방법이 궁금했던 것은 아니다. 내가 얼마나 지쳐 있는지 알아주길 바랐을 뿐. 하루하루를 간신히 이어가고 있었다. 이 일만 끝나면 쉴 수 있다는 생각 하나가, 그 시간을 견디게 했다.

상황은 더 나빠졌다. 대규모 운영 업무가 우리 팀으로 넘어왔다. "왜 우리가 해야 하죠?" 따지려던 건 아니었다. 말이 먼저 튀어나왔다. 기획에도 참여하지 않은 우리에게, 운영 준비조차 안 된 일이 그대로 넘어왔다. "몸도 마음도 지쳐 잠시 쉬어야 할 것 같다고 말씀드렸잖아요!" 돌아온 대답은 짧았다. "상황이 이런데 어쩌겠어."

그러던 어느 날, 팀장 차로 이동하던 중 나도 모르게 말이 튀어나왔다. "저… 처음으로 퇴사를 고민했습니다." 힘주어 말하지도, 정리해서 꺼내지도 않았다. 그저 툭 흘러나온 말이었다. 잠시 정적이 흘렀다. 팀장은 앞을 본 채 운전대를 잡고 있었고, 나는 창밖으로 시선을 돌렸다. 아무 일 없다는 듯 차는 목적지를 향해 달렸지만, 그날은 뭔가 달랐다. 처음으로 내 말이 상대에게 닿은 것 같았다. 집에 돌아와서야 깨달았다. 내가 그동안 전하고 싶었던 것은 업무 논리가 아니라 "나 좀 살려달라."는 신호였다. 그런데 나는, 상대가 들을 마음이 있는지 살피지 못한 채 내 힘든 마음만 꺼내놓고 있었다.

팀장이 된 뒤, 팀원들의 마음을 잘 들어주는 사람이 되고 싶었다. 겉으로만 말이 오가는 관계가 아니라 마음으로 통하는 사이를 꿈꿔왔다. 대화를 더 자주 시도했다. 하지만 이상했다. 노력할수록 가까워지기는 커녕, 서로 더 조심스러워지기만 했다. 대답은 선뜻 나오지 않았고, 말은 짧게 정리되어 돌아왔다. 나중에야 알았다. 명확한 지침에 익숙한 팀원들에게 내 방식은 오히려 혼란이었다. 그들에게는 '무엇을 말할지'

보다 '이 말을 해도 괜찮을지'를 먼저 살피는 일이 더 중요했다.

대화 방식을 조금씩 바꿔 보았다. 말하기에 앞서 내가 먼저 생각을 정리했다. 방향을 짚은 뒤에 의견을 물었다. 그러자 대화의 물꼬가 트이기 시작했다. 이어지는 대화도 늘었고 일의 속도도 달라졌다.

하지만 2년이 지난 지금도 마음을 열지 않는 팀원이 있다. 그를 보며 배운다. 대화는 의지나 단순한 기술만으로 '만들어'지지 않는다는 걸. 상대가 '이제 말해도 괜찮겠다.'라고 느끼는 순간이 되어야 비로소 이야기가 시작된다는 걸. 마음이 준비되지 않으면, 그 위에는 진짜 이야기가 자라나지 않는다. 불안과 불편함만 쌓일 뿐이다.

어쩌면 대화가 깊어지지 않는 이유는, 그가 마음을 열지 않아서가 아닐지도 모른다. 먼저 충분히 편안한 분위기를 만들지 못했기 때문일 수도 있다. 그래서 오늘도 먼저 자리를 만든다. 그가 말해도 괜찮겠다고 느끼는 순간을 기다리면서.

우리는 흔히, 말하면 전달했다고 믿는다. 하지만 그 말이 정말 닿았는지는 알 수 없다. 같은 말을 반복하다 보면 오해만 쌓이고, 어느 순간 "말해 봤자 소용없어."라며 입을 닫는다.

그렇다면 대화는 언제 시작될까. 말을 많이 하거나 잘 듣는다고 해서 시작되는 것은 아니다. 생각을 모두 표현한다고 해서 서로 통하는 것도 아니다. 대화는 마음이 전해지고, 상대가 그 마음을 받아들일 때 비로소 시작된다. 그러려면 말하는 사람의 용기만큼, 듣는 사람의 마음이 열리는 순간 또한 필요하다.

돌이켜 보면, 말은 오갔지만 대화가 아니었던 순간이 많았다. 그때마다 상대가 준비되지 않았다고 생각했다. 하지만 나 역시 상대의 말을 받아들이지 못했던 적이 많았다. 상대의 마음이 열리길 기다리면서, 정작 내 마음은 닫혀 있었다.

대화는 말을 잘하는 기술이 아니다. 서로의 진심이 이어지는 순간을 함께 만들어 가는 과정이다. 상대를 기다리는 넉넉함과 먼저 편안한 사람이 되려는 노력, 그 둘이 함께할 때 비로소 대화는 시작된다. 그래서 오늘도 말하기 전에 묻는다.

지금, 이 순간
나는 대화할 준비가 되어 있는가.

2장

귀가 아닌
마음으로 머물다

경청은 기술이 아닌 사람에 대한 사랑과 존중으로,
상대의 닫힌 마음을 녹이는 힘을 발휘한다.

- 김채운

우리는 종종 답보다 내 이야기를
끝까지 들어주는 사람에게 마음을 연다.

- 정효선

- 오늘 누군가와 나눈 대화는 서로를 잇는 '다리'였나요,
아니면 각자의 모습만 비추는 '거울'이었나요?

- 지금 누군가의 이야기를 듣고 있다면,
잠시 내려놓아도 괜찮은 것은 무엇인가요?

마음으로
들은 시간은
사라지지 않는다

"오늘 학교 어땠어?", "응. 좋았어." 아이의 눈은 태블릿 화면에 고정되어 있다. "밥 먹자." 아빠의 왼손에도 휴대전화가 들려있다. 김이 오르는 국그릇, 구수한 밥 냄새가 식탁을 채운다. 우리는 같은 식탁에 앉아 서로 다른 우주에 있다. 이 풍경이 이제는 낯설지 않다는 사실이 마음에 걸린다. 언제부터였을까. 우리는 서로의 말을 듣는 법을 잊어버린 걸까.

듣는다는 것은 무얼까. 그 사람이 머무는 자리를 조용히 따라가는 것. 그것만으로도 말 사이에 숨은 감정은 스스로 모습을 드러낸다.

마음의 문이 닫히는 소리를 들은 적이 있다. 회사에 막 입사했을 때였다. 점심시간, 창밖을 보니 비가 살포시 내리고 있었다. 선배에게 말했다. "밖에 비가 오네요." 선배는 창밖을 보지도 않은 채 고개를 저었다. "그럴 리 없어. 일기예보에 비 소식 없었는데?" 순간 본 것을 의심하게 되었다. 분명 비가 내렸는데. '아, 이 사람은 나를 믿지 않는구나.' 그 생각이 스치던 순간 마음속에서 문 하나가 조용히 닫혔다.

선배는 곧 창밖을 확인하고 사과했다. 마음은 조금 풀렸다. 그런데도 그 장면은 십 년이 지난 지금까지 또렷이 남아있다. 놀라서 커졌던 눈, 당황해 거칠게 내쉬었던 숨, 굳어버린 얼굴. 머리는 잊었을지 몰라도 몸은 기억한다. 받아들여지지 못한 경험은 몸 어딘가에 오래 남는다.

그 서늘한 기억을 다정하게 덮어준 건, 똑같이 서툴고 어렸던 한 친구였다. 따스함은 다른 방식으로 남았다. '존중받았다.'라는 감각은 쉽게 지워지지 않는다. 어쩌면 사람을 살게 하는 힘은 그런 기억들인지도 모른다.

친구와 나는 같은 해에 임신했다. 서로 다른 지역에 살았지만, 아이가 초등학교에 들어갈 때까지 거의 매일 통화했다. 무거운 몸으로 집에 머물러야 했던 날들, 어린아이를 돌보느라 바깥으로 나가기 어려웠던 시절, 전화기 너머로 들려오던 서로의 목소리는 유일한 숨구멍이었다.

보험, 교육, 이사, 진로, 여행, 그리고 못다 이룬 꿈까지. 십 년 동안 삶의 모든 이야기를 함께 나누었다. 슬플 때는 울며 기대었고, 부족하고 약한 모습을 숨기지 않아도 괜찮았다. "그래, 지금 네가 그럴 수 있지." 그 한마디면 충분했다.

어느 날은 남편에 대한 서운함을 한참 쏟아냈다. 재테크 문제로 자꾸 의견이 어긋났다. 나는 기회가 왔을 때 과감히 움직이고 싶었고, 남편은 조금 더 지켜보자는 쪽이었다. 답답한 마음에 친구에게 속을 털어놓았다. "왜 이렇게 겁이 많은지 모르겠어. 나를 믿고 한 번 같이 가 주면 좋겠는데."

친구는 한동안 아무 말 없이 들었다. 맞장구도 조언도 서두르지 않았다. 내가 숨을 고를 때쯤, 친구가 나직이 말했다. "그래도 한쪽에서 잘 막아주고 있네." 그 한마디에 내 말이 멈췄다. 나는 남편이 길을 가로막고 있다고만 생각했다. 그런데 친구의 말은 전혀 다른 곳을 보여주었다. 한 사람은 앞으로 끌고, 한 사람은 뒤에서 밀어주고 있었다. 우리 부부는 같은 방향을 보면서 서로 다른 역할을 하고 있었는지도 모른다.

전화를 끊고 나서야 알았다. 친구는 내 감정에 휩쓸리지 않았다. 다만 내가 보지 못한 자리를 가만히 비춰 주었다. 경청은 상대의 말을 단지 받아주는 것이 아니라, 보지 못한 자리를 비춰 주는 일이다.

그렇게 마음을 깊이 나누던 사이였건만, 아이들이 학교에 가면서 우리 사이에도 틈이 생겼다. 우리는 각자 가까운 학군지로 이사를 했다.

물리적인 거리는 오히려 가까워졌지만, 우리 사이에는 보이지 않는 거리가 생겼다.

시작은 사소한 오해였다. "이 학원 좀 특이한 것 같아." 친구가 보낸 인터넷 후기에는 아이들 정서에 좋지 않다는 내용이 가득했다. 읽다 보니 나도 그런 생각이 들었다. 그런데 다음날, 그 학원에 테스트를 보러 가기로 했다는 연락이 왔다. 순간 당황스러웠다. '보내지 말자는 뜻이 아니었나?' 말로 꺼내지 못한 의아함이 마음에 남았다. 서로의 생각을 충분히 듣기도 전에 마음이 먼저 상했다. 서운한 마음을 말하지 못하고 그렇게 한 걸음 물러섰다.

아이의 미래라는 낯선 길 위에서, 친구와 나는 흔들리고 있었다. 그 마음이 말을 끝까지 들어 줄 여유마저 앗아갔다. 비슷한 일들이 몇 번 더 겹쳤다. 전화는 점점 줄었고 만남도 뜸해졌다. 그렇게 서로의 일상에서 서서히 멀어졌다.

돌이켜 보면 우리는 모두 처음 학부모가 된 사람들이었다. 불안 앞에서 나약했고 쉽게 흔들렸다. 그런데 그 마음을 솔직하게 꺼내놓지도, 들어 보지도 못했다. 이해받지 못한 감정은 마음 깊은 곳에서 돌처럼 굳어갔다. 그렇게 조금씩 서로를 놓쳐 가고 있었다.

그래도 우리 사이가 아직 완전히 끝났다고 느껴지지 않는다. 마음 어딘가에 여전히 남아있는 그 시절의 기억 때문이다. 함께 웃었던 시간, 특별할 것 없어도 위로가 되었던 대화들. 말하지 않아도 통했던 순간들. 그 기억들은 따뜻하게 살아 있다.

어쩌면 그 친구를 다시 만날 날을 위해 지금 듣는 법을 배우고 있는지도 모른다. 다시 마주하는 날, 서운함보다 먼저 친구의 얼굴을 오래 바라보고 싶다. 그리고 말하고 싶다. 너의 이야기를 끝까지 담아내지 못했던 그 시간이 아직도 마음에 남아있다고. 네가 들어주었기에 그 시절을 건널 수 있었다고.

온 마음 다해 귀 기울인 시간은 관계를 시작하게도 하고, 다시 숨 쉬게도 한다.

어릴 적에는 세상을 바꾸는 일이 특별한 무언가에서 시작된다고 믿었다. 돌아보면 나를 바꾼 것들은 모두 소박했다. 전화기 너머 "그래, 네가 그럴 수 있지."라는 말 한마디. 누군가의 말을 끝까지 기다려 주던 순간들. 그 찰나에 우리는 서로의 삶 속에 작은 빛 하나를 켠다.

오늘도 나는 듣는 길 위에 서 있다. 언젠가 그 길 끝에서 다시 서로의 마음을 만나기 위해.

경청은
왜 안 될까요

　헬렌 켈러는 어린 시절에 병으로 시각과 청력을 잃었다. 그런 그녀는 강연이나 저서에서 '시각 장애는 우리를 사물로부터 단절시키지만, 청각 장애는 우리를 사람으로부터 단절시킨다.'라고 했다. 말하지 못하는 것이 아니라 상대에게서 듣지 못하는 것을 두고 단절이라고 표현한 것이다. 이런 관점에서 보자면, 때로는 듣기만 하더라도 누군가와 연결될 수 있다. 더 나가 듣는 차원을 넘어 '경청'을 한다면, 함께하는 사람과 더 단단하게 연결될 수 있을 것이다.

　'듣다'를 상대의 언어적 맥락을 이해하는 수준이라고 한다면, '경청'은 상대를 향하여 몸과 마음을 기울이고, 오감을 총동원해서 듣는 것을 뜻한다. 그러면 상대가 말하지 않은 것까지 듣게 된다. 상대의 몸짓, 표정, 대화 중간의 침묵까지 또 다른 언어로 읽히는 것이다. 이것이 진정한 경청이다. 우리는 평소에 듣는 것을 많이 하고 있을까, 경청을 많이 하고 있을까?

SNS가 지금처럼 발달하지 않았던 시절, 아파트 주민들의 의사소통 창구로 매월 반상회가 있었다. 그때 우리 가족은 처음으로 마련한 새 아파트에 입주했다. 1층 게시판에 반상회 일정이 공지되었다. 입주민들 상견례 겸 첫 반상회가 열렸다. 나는 우리 집 대표로 참석하기로 했다. 서둘러 퇴근하여 반상회에 갔다. 본격적으로 통장이 안건을 발의하니 처음엔 나름 돌아가며 손을 들고 의견을 냈다. 그러더니 어느 순간 몇 사람이 의견에 대한 자기 생각을 주변 사람들과 삼삼오오 얘기했다. 순간 좁은 공간은 웅성웅성 소란스러워졌고, 회의가 정상적으로 진행되지 않았다. 우여곡절 끝에 예정된 시간을 훌쩍 넘기고서야 반상회가 끝났다. 각자 할 말만 하는 무질서한 회의에 피로감이 생겼다. 그래서 직장을 핑계로 더 이상 반상회에 참석하지 않고 결과만 통지받게 되었다.

또 다른 사례로, 대여섯 명 정도가 모여 앉아 이야기하고 있다가 한 사람이 전화 받았다. 시골에 계신 시어머니가 예고도 없이 오고 계신다는 것이다. 당황하는 눈치로 "저녁은 뭘 하지?" 말하는 그 순간 다들 저녁 메뉴에 대해 말하기 시작했다. 최근에 미나리 불고기를 해 먹었는데 맛이 있었다, 어디에서 장을 보았더니 신선했다, 어느 식당에 뭐가 맛

있다고까지 각자가 조언했지만, 정작 시어머니를 맞이할 사람의 표정은 더 혼란스럽게 보였다. 상대방의 의견은 듣지도 않고, "저녁은 뭘 하지?" 한마디에 그저 본인들 이야기하기로 바빴다.

우리는 말하는 걸 좋아하는 것일까, 아니면 듣는 훈련이 안 된 것일까? 둘 다이다. 상황과 때에 맞는 이야기, 여유를 가지고 상대방의 이야기를 들어주려고 하는 마음, 이 두 가지 모두가 부족한 현장이었다.

지금은 각자의 노트북을 가지고 있지만, 아이들 키울 때는 거실에 데스크톱과 프린터가 있었다. 야근 후 집에 오니 딸이 컴퓨터 앞에 앉아 있다. 평소 같으면 일어나 인사할 텐데 앉아서 돌아보지도 않고 인사한다. "바쁘구나!" 하면서 옆 의자를 당겨 앉았다. 딸을 만났으니 오늘 있었던 일들을 이야기하려 하는데, "엄마! 나 지금 이야기를 들어줄 기분이 아니에요." 한다. 순간 멋쩍었다. "그래!" 하고는 주방으로 향하는데 뒤에서 "그럼 엄마가 내 이야기 들어 줘야죠." 한다. 중요한 것을 놓쳤다는 생각에 아차 싶었다. 나는 딸의 말을 듣고는 내 이야기를 들어줄 상황이 아니라고 판단했다. 만약 경청했다면 '기분이 안 좋아요'라는 감정을 들었을 것이고, "오늘 속상한 일 있었니?"라고 물어볼 수 있었을 텐데. 판단, 즉 나의 에고(ego)가 경청을 방해했다. 코치로서 아쉬운 순간이었다.

경청의 힘을 알게 되면, 그것이 어디에서든 필요하다. 산업재해 예방을 위해 현장의 관리감독자들을 교육하는 일을 하고 있다. 요즘 산업재해의 원인 중 88%가 불안전한 행동이라고 한다. 그래서 현장을 안전하게 관리하기 위해서는 근로자들의 행동 또한 감독해야 한다. 근로자의 행동 특성은 단시간에 파악하기 어렵기 때문에 지속해서 의사소통하는 것이 중요하다. 이와 관련하여 '관리감독자를 위한 코칭 리더십'을 강의할 때가 있다. 이때 어김없이 '듣기'와 '경청'의 차이를 질문한다. 대부분 교육생은 표현만 다르고 같은 뜻이라 답한다. 좀 더 발전하면 '듣는 것은 대충 듣는 것, 경청은 잘 듣는 것'이라고 말한다. 그럼 "잘 듣는다는 것은 어떻게 듣는 걸까요?"라고 질문하면 그제야 '경청'의 뜻에 맞는 답이 나오곤 한다. 물론 그들에게 경청의 단어적인 의미를 알려주는 것 자체가 중요하지는 않다. 실천의 필요성을 느끼게 돕는 일이 훨씬 중요하다. 감독자의 강압적 지시나 질책은 잠시 효과가 있을지 몰라도 지속성은 어렵다. 나쁜 경우 관계가 악화하여 더 큰 위험이 생기기도 한다. 그러나 근로자의 의도를 경청하고, 알아야 할 내용을 전달하는 것만으로 실무와 안전에 대한 이해의 폭은 넓어진다. 이런 의사소통을 반복하면 서로 존중과 신뢰가 쌓이게 된다. 관리감독자의 경청이 있는 현장은 더욱 안전한 일터가 될 것이라 확신한다.

'아는 것'은 중요하지만, 안다고 해서 바로 실천할 수 있는 것은 아니다. 특히 경청이 그렇다. 경청은 코칭의 핵심 기술이다. 기술은 오랜 시간 반복적으로 사용하여 몸에 익혀야 내 것이 된다. 마치 무의식적으로 자전거를 타는 일처럼 순간적으로 인식하고 판단하여 행동하는 것을 말한다. 생각해 보면 지금처럼 안정적으로 자전거를 타기까지는 무수히 넘어져 가며 균형감각을 익혔던 시간이 있었다. 경청도 마찬가지다. 처음에는 상대방에게 집중이 안 되고 내 생각이 자꾸 올라온다. 이때 내 생각을 버리고 상대방에게 집중해야 경청이 시작된다. 포기하지 않고 반복한다면, 어느 순간 경청하고 있는 자신을 발견할 것이다.

사람의 중심을
듣는 시간

나에게 집중했던 5개월은 내 인생에서 가장 고요하면서도 치열하게, 몰랐던 내 안의 낯선 생각과 감정을 하나씩 알아 가는 과정이었다. 다시 직장으로 돌아왔을 때, 환경과 사람들은 그대로였지만 나는 분명 달라져 있었다. 같은 상황을 바라보면서도 전혀 다른 관점으로 반응하게 된 것은, 그 기간 가장 많이 했던 '나를 향한 질문' 덕분이었다. 하지만 더 중요한 변화는 질문의 답을 찾으려 애쓰기보다, 먼저 마음에 올라오는 불편함, 답답함, 미세한 감정들을 서둘러 정리하지 않고 그대로 바라보기 시작했다는 점이다. 그때 처음으로 '나 자신에게 경청'하고 있음을 알아차렸다.

경청은 생각보다 조용한 일이었고, 무언가를 해결하거나 의미를 부여하기보다 그저 가슴이 답답해지는 순간에 가만히 머물러보는 일이었다. 나 자신에게조차 마음이 힘들어질 때 금방 괜찮아져야 한다고 다그치고 있었기에, 아무 말 하지 않고 내 안의 요동치는 마음 곁에 가만히 있어 보며 경청을 경험하게 되었다. 이 과정에서 내가 발견한 경청은 단순히 상대의 말을 귀로 듣는 기술이 아니었다. 이름 붙이기 힘든 감정들을 서둘러 정리하지 않고 그 자리에 그대로 두는 '인내'와 같았다.

내가 발견한 경청은 단순히 상대의 말을 잘 듣는 능력이 아니라, 대화 앞에 서는 나의 '태도' 그 자체였다. 이전의 나는 대화할 때 늘 '무엇을 말할까?'를 고민했지만, 이제는 '지금 이 사람 앞에서 나는 어떤 태도로 서 있는가?'를 먼저 묻는다. 경청은 질문에 집중하는 기술이 아니라, 그 질문 앞에서 일어나는 모든 감각을 세밀하게 알아차리는 마음가짐이라는 걸 알게 되었다. 경청을 통해 관심의 방향을 바꾸자, 대화의 공백을 메우려 했던 예전 강박에서 벗어나, 사람의 중심에 설 수 있었다. 관심의 방향을 '나의 유능함'에서 '상대의 존재'로 바꾸자, 침묵은 더 이상 어색한 공백이 아니라 사람의 중심이 드러나는 데 필요한 신성한 여백으로 다가왔다. 나에게 경청은 쉽지 않았고, 이 또한 평생의 훈련임을 자각했다.

이 경험은 자연스럽게 타인과의 대화로 이어졌다. 이전의 나는 관계 속에서 말하기를 좋아했고, 대화의 공백을 불편해하던 사람이었다. 하지만 경청을 알고 나서는 정반대의 경험을 했다. 나는 더 이상 말을 채우는 데 집중하지 않았다. 대신 대화 속에서 사람의 중심에 서기로 했다. 경청은 흔히 상대의 말을 잘 듣는 능력으로 오해된다. 하지만 내가 경험한 경청은 무엇을 말해야 할지 고민하는 대신 상대가 지금 어떤 상태에 놓여 있는지를 먼저 살피는 일이었다.

대화의 주제나 문제를 이해하는 데서 멈추지 않고, 그 말을 하는 사람 곁에 조금 더 가까이 갔다. 그래서 경청은 말을 멈추는 일이 아니라 관심의 방향을 바꾸는 일이었다. 예전의 나는 나름대로 성실한 대화가였다. 상대가 공감과 위로를 원하면 따뜻함을 건넸고, 해결과 조언을 기대하면 내 지식을 동원해 답을 찾아 주려 애썼다. 그러나 시간이 지나 깨달았다. 그런 대화는 문제를 이해하는 데까지는 충분했지만, 문제를 안고 있는 사람에게는 닿지 못했다는 것을 깨달았다. 우리는 문제를 함께 들여다보았지만, 정작 그 문제 뒤에 가려져 외로워하는 인간을 온전히 이해하고 있지는 못했다.

과연 나는 경청하고 있었을까? 상대의 감정과 감각을 충분히 받아들이고 있었을까? 내 기준으로 해석하며, 잘 듣고 있다고 착각하고 있었던 것은 아닐까?

경청의 진정한 가치는 코칭 현장에서 더욱 선명하게 드러났다. 어느 날 고객이 이전과 같은 고민을 다시 꺼냈을 때, 내 마음속에서는 이미

“이번에는 이렇게 해보는 건 어때요?”라는 해결책을 가늠하고 있었다. 대화를 효율적으로 이끌어야 한다는 압박이 나를 몰아붙였다. 하지만 도움을 주겠다는 내 의지와는 달리 대화가 끝난 뒤 고객의 표정은 여전히 무거웠다.

몇 주 뒤 다시 비슷한 이야기가 나왔을 때 나는 다르게 코칭했다. 해결책을 제시하려던 유혹을 뿌리치고 말을 줄였다. 판단을 미룬 채 이렇게 물었다. “지금, 이 말씀을 하시면서, 어떤 마음이 가장 크게 느껴지시나요?”

고객은 잠시 멈췄다가 천천히 속마음을 털어놓았다. 그는 예전 같으면 견디지 못했을 긴 침묵 속에서 자기 내면을 충분히 더듬어 보았다. 그제야 나는 고민의 핵심이 문제가 아니라 ‘이해받지 못하고 있다는 외로운 감정’, ‘아무 말도 못 한 자신에 대한 초라함’임을 알게 되었다. 그날 문제는 해결되지 않았지만, 고객은 “이야기하고 나니 비로소 숨이 트인다.”라며 처음으로 편안한 미소 지었다.

그 순간 깨달았다. 경청은 더 좋은 해결책을 찾는 과정이 아니라, 당장 해결하려 들지 않고 그 사람 곁에 온전히 머물러야 한다는 것을. 나아가 조금 더 머물수록, 말은 자연스럽게 줄어들었고, 판단은 늦춰졌다. 대신 신뢰는 빠르게 자라났다. 내가 나에게 귀 기울일 수 있을 때, 비로소 타인의 이야기도 서둘러 해석하지 않고 받아들일 수 있다. 경청

은 상대의 논리를 이해하는 머리의 싸움이 아니라, 상대의 중심에 다가
서는 숭고한 태도였다.

　답을 주지 않아도 괜찮다. 다만 경청의 자세에서 그 사람 앞에 한 박
자 더 머문다면, 변화는 이미 그 여백 속에서 시작된다. 나는 이제 대화
의 기술을 연마하기보다, 매 순간 내 앞에 선 사람을 향해 기꺼이 마음
을 열고 머무는 '태도'를 가꾸는 데 더 공을 들인다. 그것이 사람의 중심
을 듣는 대화의 시작임을 믿기 때문이다.

닫힌 마음을
녹이는
따듯한 경청

왜 열심히 듣고도 상대의 마음을 여는 데 실패할까? 그 답은 의외로 간단했다. 인정, 칭찬이 빠진 반쪽짜리 경청만 했기 때문이다. 상대의 의미와 가치관을 물어주면서 인정, 칭찬을 해주는 경청이었다면 상대의 마음이 열렸을 것이다.

경청에 서툴렀다. 상대를 판단하고 평가하는 데만 집중했다. '무슨 말일지 뻔하다', '요점만 말하지', '언제 끝나'라며 집중하지 않았다. 내 차례가 오기 전 말하고 싶은 유혹을 떨쳐내기가 쉽지 않았다.

타인에게 인정과 칭찬을 건네는 데에도 인색했다. 자신을 향한 완벽주의를 상대에게도 똑같이 요구했다. 완벽주의란 사람을 시도하지 못하게 하는 데는 더할 나위 없이 완벽하다. 실패로 향하는 가장 완벽한

지름길이다. 그 완벽의 '자'로 타인을 재단하기 바빴다. 인정과 칭찬이 빠진 경청은 공갈빵이다. 허전함이다. 채워지지 않는 갈증이다. 이는 상대방과 나 사이에 있는 마음의 장벽을 없앨 수가 없다. 경청이 빠진 대화는 공허한 일방통행이었다.

코칭 과정에서도 경청이 쉽지 않았다. 상대가 말한 정확한 표현을 놓치고 익숙한 언어로 바꿔 말했다. 얘기가 장황해지면 기억하지 못해 당황스러웠다. '무슨 말로 되물어 줘야 하나?' 난감함에 머릿속이 하얘지곤 했었다. 낯선 주제에 대한 코칭은 한동안 정적이 흘렀다. 그런 당혹감은 경청의 무게를 다시 생각하게 했다.

코칭 받을 때 이를 확실하게 경험했다. 핵심은 그게 아닌데, 내가 한 말이 다른 말로 돌아올 때, 코칭 받고 있다는 느낌이 전혀 들지 않았다. 왠지 성의 없는 듯했다.

그러면서 깨달은 것은 경청의 본질이 '기술'이 아닌 '사람에 대한 존중과 사랑'이라는 사실이다. 사람을 진심으로 사랑하고, 아픔을 공감하며 마음 다해본 적이 있었던가!

경청이란 필터 없이 그 존재를 이해하는 과정이다. 선입견 없이, 요청 없는 조언으로 잘난 척하고 싶은 마음 없이, 끼어들려는 입술의 들썩임 없이, 온전히 그 사람을 받아들이며 존중하는 마음이다.

경청이 어려웠던 건 기술이 부족해서가 아니다. 상대방을 향한 사랑과 존중이 부족했기 때문이다.

경청이 얼마나 큰 힘을 발휘하는지 경험한 적이 있다. 사람의 온기가 글로 오갈 수 있는 공간. 바로 SNS 단톡방에서 함께 활동하는 이옥순 작가이다. 그녀는 내가 책을 읽고 올린 '책 속 한 문장과 내 생각 한 문장'에 언제나 울림 있는 답글을 남겨줬다. 한 예를 소개한다.

로버트 마우어, 『아주 작은 반복의 힘』「하던 대로 하면 절대 변할 수 없다」

술 취한 사내는 자신의 키를 어두운 곳에서 잃어버렸다. 그러나 어두운 곳은 보이지 않는다며 밝은 곳에서 키를 찾고 있는 일화.

책 속 한 문장 : 술 취한 사내가 "여기가 저기보다 밝잖아요."

내 생각 한 문장 : 하던 대로 해 왔다. 그러면서 잘 안된다고 낙심하고 포기했다. 나는 술 취한 사내랑 엊그제까지 똑같았다. 우아한 일만을 좇았다. 오늘의 나는 어두운, 빛이 없는 곳에서 진짜 나의 열쇠를 찾기로 했고, 찾고 있다.

이옥순 작가의 답글

와! 하던 대로 해 왔다. 그러면서 잘 안된다고 낙심하고 포기했다. 나는 술 취한 사내랑 엊그제까지 똑같았다. 우아한 일만을 좇았다. 오늘의 나는 어두운, 빛이 없는 곳에서 진짜 나의 열쇠를 찾기로 했고, 찾고 있다.

너무 대단하다. 어쩌면 내 마음을 훔친 듯 이렇게 나를 잘 표현하는지. 와, 와, 와! 미소한다. 이 멋진 글로 인해.

그녀는 표현이 멋지다며 내가 쓴 글을 그대로 천천히 읽는 것처럼 다시 정성스럽게 써 내려갔다.

눈으로 경청하고, 손끝으로 칭찬한다. 얼굴이 보이지 않아도 상대의 글 뒤에 숨은 의도에 호기심을 갖고 다정하게 되묻는다. 답글은 텍스트를 넘어 한 존재의 마음을 녹인다. 진심 어린 칭찬에 다시 일어설 에너지를 얻었다. 멈추지 않고 나아갈 용기를 냈다. '칭찬은 고래도 춤추게 한다.'라는 말을 온몸으로 실감한 순간이었다. 이러한 경청의 힘은 내 삶의 현장인 미용실에서도 그대로 이어진다.

경청은 서로를 이어주는 끈이라는 걸 절실히 느낀다.

'말하지 않은 진심을 듣는 시각적 경청'으로 고객을 마주한다. 고객이 원하는 것을 말하기 전, 모습을 보고 그 몸이 가진 특성을 먼저 듣는다. 얼굴형, 골격, 목선, 두상, 모발, 이목구비 등 특징을 보면 고객이 말하지 않아도 간지러운 곳을 읽어낼 수가 있다. 이는 나에게 있어 고객의 목소리를 듣는 과정이다.

"사이드뱅의 길이를 조절해 주면 광대를 가리면서 계란형으로 보일 것 같아요!" 광대가 있는 땅콩형 얼굴인 고객에게 사이드뱅과 부드러운 펌을 제시해 준다. 옆 광대로 인한 각이 있는 얼굴이다. 인상이 강해 보이는 광대를 신경 쓰는 마음에 귀 기울인다. 그럴 때 고객은 머리를 맡겨도 되겠구나, 신뢰하며 안심한다. 즉 고객의 마음이 열린다.

얼굴과 헤어로 말해주는 다양한 소리를 잘 경청하는 태도는 고객을 향한 감사와 존중의 마음이다. 빼곡한 예약으로 마음에 여유가 없을 때, 고객을 향한 온전한 경청이 빠질 때면 몇 번의 기회를 주지만 결국 떠나갔다. 자신이 존중받는다고 느끼는 것이 기술보다 더 중요했다.

눈으로 읽고 손끝으로 응답하는 온라인의 칭찬이나, 거울 속 고객의 실루엣에서 니즈를 읽어내는 시각적 경청은 그 모습만 다를 뿐 결국 본질은 하나다.

그것은 화려한 기술이나 분석이 아니라, 고정관념이라는 필터를 거두고 한 사람의 존재를 온전히 받아들이려는 '사랑과 존중'의 마음이다.

이러한 태도가 바탕이 될 때, 경청은 비로소 텍스트와 가위 끝을 넘어 상대의 닫힌 마음을 녹이는 힘을 발휘한다.

남다른
치과의사가
되는 길은 무엇일까?

'경청'을 즐겁게 하며

내 환자분들이 100살까지 건강하고 행복하게 살아가기를

치과의사로서 소망합니다.

가난했지만 인정받고 싶었던 초등학교 시절, 5학년 때 담임 선생님으로부터 다음 달에는 나를 반장으로 임명하겠다는 말을 듣고 뛸 듯이 기뻤다. 엄마는 가난해서 소풍 때 담임 선생님 도시락도 싸줄 수 없으니, 임원은 절대 하지 말라고 부탁했었다. 하지만 나는 반장이나 임원이 너무나 하고 싶었다. 그런 상황에서 신기하게도 전혀 상상 밖의 행운이 온 것이었다.

하지만, 얼마 지나지 않아 배가 살살 아프며, 열이 오르기 시작했다. 겨우 간 의원에서는 맹장염이니 수술을 권했지만, 엄마는 한의원에서 맹장염을 고친다는 한약을 지어 오셨다. 한약을 먹었지만, 결국 맹장이 터져 복막염으로 진행되었고, 허름한 의원에서 맹장 수술을 이틀 동안 두 번이나 받아야 했다. 하지만, 가스는 나오지 않고, 매일 배에서 고름과 진물이 나왔다. 물조차 먹지 못해 앙상하게 말라 갔다. 간호사 언니들은 불쌍하다며, 손을 잡고 울면서 자신들의 손가락에서 실 금반지를 빼 끼워 주었다. 학교에는 내가 죽을 것 같다는 소문이 파다하게 났다 했다. 병문안을 온 담임 선생님은 대학병원에 한 번 데려가 보고 싶다고 했다.

그래서, 처음으로 대학병원이란 곳에 갔는데 하얀 가운을 입은 의사들이 함께 회진하는 모습이 멋지게 보였다. 영화에서나 보던 신기한 세상이었다. 하지만, 그곳에서 지낸 10여 일 동안 계속해서 배에서 고름과 진물이 흘러나왔다. 결국, 모든 걸 포기하고 집으로 와 죽음을 기다리는 신세가 되었다.

반장의 꿈은 물거품이 되었고, 허름한 병실에서 울면서 기도하던 엄마의 눈물을 보았다. 기적처럼 나았지만 배가 볼록해져 있었다. 다시 찾은 의원에서 복막 내부에 고름이 모여 주머니가 되었다고 했다. 또다시 수술로 제거해야 한다고 했다. 그렇게 다시 세 번째 수술을 한 후에야 6학년이 될 수 있었다. 엄마가 시집올 때 가져온 패물과 현금 일부로 치료비 일부만을 정산할 수 있었다. 5학년 겨울, 밀린 병원비와 엄마의 슬픔을 평생 잊지 않고 갚기로 스스로에게 굳게 약속한 나는 이미 어른이 되어 있었다.

병원에서의 경험은 의사가 되고 싶다는 꿈으로 발전했다. 그냥 보기에 좋았다. 그래서 어떻게 하면 좋은 의사가 될 수 있을지 자주 생각했다. 어떤 마음으로 어떻게 환자를 사랑해야 하나 고민했다. 서울대 의대에 가고 싶었지만 공부가 모자라 치과대학 장학생으로 갈 수 있어 치과의사가 되었다.

치과의사로서 자세와 마음가짐은 자주 생각했었다. 의사로서는 준비되었지만, 경영자로는 초보였다. 오천만 원은 신용금고에서 대출받고, 오천만 원은 사채로 빌렸는데 환자가 오지 않았다. 하루에 환자 한 명이 오기도 했다. 속이 타들어 갔다. 돈독이 올랐고, 잠도 자지 못하는 날들이 계속되었다.

환자는 늘 소중한 존재였으므로 잘 듣는 경청이 어렵지 않았다. 돈을 내고 서비스를 받는 분이니 당연히 듣고 기억하고 반응해야 했다. 하지만, 직원들은 내가 급여를 주고 열심히 일하기로 한 관계인데 남의 인생인 것처럼 성의 없게 일하는 것이 이해되지 않았다. 노력 없이 성장하겠다는 욕심도 이해되지 않았다. 직원의 이야기는 경청하고 싶지 않았고, 나와는 다른 사람이라는 벽을 쌓기 시작했다. 직원들의 이직이 잦아졌고, 마음속에는 배신감의 생채기가 남았다.

몇 년 전 코칭을 접하면서, 경청의 깊은 뜻을 알게 되었다.

"용준희 님은 이런 삶을 원하시는군요."

"용준희 님은 이렇게 생각하시는군요."

경청이 무엇인지를 느끼며 삶은 위로받기 시작했다. 신기했다. 이렇게 쉽게 위로받을 수 있다는 게 좋았다. 그래서, 코치가 되기로 결심했다. 위로받은 마음에서 위로해 주는 마음이 되고 싶었다.

경청하는 코치의 모습은 관심 가득한 표정으로 바라보고 고개를 끄덕이며 눈빛을 반짝였다. 말 너머의 갈망을 알고자 했다. 이렇게 경청해 주면, 갈망이 무엇이었는지 스스로 알게 되었다. 신기하게도 위로받게 되고 눈물이 났다. 나를 위로해 주고 이해해 주려는 분이 있었다. 외롭지 않았고, 다시 용기를 얻고 삶으로 걸어 나갈 수 있었다.

코칭을 배우고 치과 팀장들과 미팅을 진행하게 되었는데, 경청을 해 보기로 마음을 먹었다.

회의를 시작한 후, 처음으로 팀장들이 본인의 의견을 듣고 이해해 주려 한다는 피드백을 받게 되었다. 그냥 중간에 이야기를 끊지 않고 끝까지 듣고자 노력했을 뿐이고, 가볍게 되풀이한 후에 의견을 물었었다. 마음은 달라지지 않았는데 반응이 달라졌다. 그동안 무엇을 한 것인가?

"나 강원도 화천으로 이사 갔는데 거기에서 치과 진료받아 보니 안 되겠어. 멀어도 용치과 올래."

"치과 이사해서 여기 오려면 버스 두 번이나 바꿔타고 와야 해. 그래도 용치과에 와야지."

"한 달에 한 번은 용치과에 와야 마음이 편해."

"사실 우리 남편 갑자기 아파서 세상 떠났어. 이제 3개월 돼."

"용치과 아니면 다른 곳에서 치료 못 받으니까 30년 더 해야 해. 알았지?"

이렇게 환자의 이야기를 들으면서 그 마음을 온전히 이해하고 싶다.

병원은 단순히 치료만 받는 곳일까? 치과의사는 아픈 치아를 치료하기만 하면 되는 것일까?

물론, 나는 불편함을 가장 먼저 해결해야 하는 치과의사다. 하지만, 가족 같은 환자들의 일상이 걱정이고 궁금하다. 100살까지 건강하게 먹고, 즐겁게 살 수 있게 돕고 싶다. 그것이 나의 소명일 것이다.

"이제 나이도 들고 죽어야지! 무슨 치료를 더 해?"

"이제 여든 살도 안 되어서 무슨 얘기예요? 우리 치과에는 여든 살 훨씬 넘은 어르신이 얼마나 많은데 웬 걱정? 순번은 하나님이 주실 거니 걱정하지 마시고, 살아있는 동안 잘 먹고 즐겁게 살아요! 제가 먼저 갈지 누가 알겠어요? 그리고 제가 힘들게 비싼 보철 만들었는데 본전은 뽑아야지. 앞으로 20년 살아야 본전이에요!"

"20년이나?"

"그래요. 최소 20년."

그러면 노인 얼굴에 살짝 미소가 번진다. 더 살아도 좋은 사람으로 인정받고 싶은 것이다. 우리는 모두 존재로서 인정받고 싶다. 귀로 듣는 것뿐 아니라, 마음도 듣기 위해 노력해야 한다. 이 말들의 진심은 무엇일까?

치과의사인 나는 아직도 치아 사이에 낀 고기와 나물을 빼주면 즐겁다. 내가 더 시원하다. 날마다 하는 일이다. 그런 반복이 지겹지 않다. 그래서 이 직업이 천직이라는 생각이 든다.

말로 표현하지 않아도 알 수 있는 게 있다. 우리들 깊은 곳의 감정과 갈망을 알고 싶다. 그래서 코치가 되었다. 경청은 나에게 날개를 달아주었다. 당신도 함께 날기를 응원한다!

강한 사람은
제대로 듣는다

오랫동안 경청을 잘한다고 믿었다. 하지만 경청을 배우면서 깨달았다. 듣기와 경청은 전혀 다르다는 것을. 경청을 알아갈수록 경청을 통한 의미 있는 소통을 하고 싶었다. 어제의 나보다 오늘 조금이지만 변화된 삶을 사는 멋지고 강한 사람이 되고 싶었다.

나는 경청이 어렵다. 어릴 때 살아남기 위해 남이 하는 말은 한 귀로 듣고 한 귀로 흘려버렸다. 머리로 다른 생각을 하는 버릇이 생겼다. 욕설과 간섭을 들을 때는 어른이 되어 잘 사는 모습을 상상했다. 힘든 일상을 잊고 살아가게 하는 큰 힘이 되었다. 그러나 경청을 시작하면서 어려움에 직면하게 되었다. 집중하려 해도 10초도 안 돼 다른 생각에 경청을 놓치는 자신을 발견하고 소스라치게 놀란 적이 한두 번이 아니다.

코칭 자격시험인 KAC 시험을 준비하면서 50시간의 코칭 실습이 필요했다. 누구와 실습할지 고민했다. 고모가 떠올랐다. 고모는 오랫동안 부산에 사시다가 고성으로 옮겨와 혼자 사신다. 외로우실 것 같아 코칭을 제안했다. 흔쾌히 수락하셨다.

첫 코칭에서 고모는 몸의 불편함을 많이 이야기하셨다. 예전에 다친 곳이 회복되지 않아 힘이 없다, 넘어져 머리를 다친 것이 계속 아프다, 매일 다니는 병원 의사가 불친절하다, 물리치료도 효과가 없다는 내용이었다. 즐거웠던 기억을 물었다. 하루하루 살아가는 것 자체가 힘들다고 하셨다. 고생, 아픔, 배우지 못한 아쉬움, 오래 살아서 무엇을 하겠냐는 한탄까지 계속하셨다. 코칭을 배우는 코치들과의 실습 때랑 너무 다른 대화에 당황했다. 하지만 집중해야 한다고 마음을 다잡으며 경청했다. 놀라운 사실을 깨달았다. 낯설지 않았다. 고모 모습이 아니라, 30년 후의 내 모습 같았다. 경청을 배우고 실제 코칭을 하면서 내가 평소 같은 말을 반복하며 주변 사람들을 힘들게 했다는 것을 알아차렸다. 변해야 했다. 지금 당장 할 수 있는 작은 변화가 뭘까? 하고 싶은 말을 글로 쓰기 시작했다. 글은 술술 써졌다. 예전에는 말하며 생각을 정리했는데 글을 쓰며 정리하니 더 명확해져 좋았다. 과거가 정리되기 시작했다.

코칭 자격시험 KAC 실습 50시간 동안 성장하는 나를 보면서 특히 경청을 생활화하면 좋겠다는 생각이 들었다. 경청을 잘하기 위해 이 방법 저 방법 찾다 보니 한 단계 높은 자격인 KPC에 응시해야겠다고 생각했다. 매주 일요일 저녁 8시에 송수용 대표가 진행하는 코칭을 사랑하는 모임 일명 '코사모'에 참여하고 있다. 처음 코칭을 공부하는 사람부터 나처럼 코칭을 접한 지 2년이 넘는 코치 등 다양한 코치들이 전국에서 참여한다.

2025년 겨울 이지우 코치와 짝이 되어 코칭을 하게 되었다. 번역 일도, 엄마 역할도 완벽하지 못해 늘 죄책감을 느끼고 있다고 했다. 번역 일을 하는 다른 동기들은 졸업 후 회사에 들어가 트레이닝을 받았지만, 이지우 코치는 교수의 추천으로 바로 번역을 시작했다고 한다. 원고 제출 후 한 번도 문제를 지적받지 않았고, 번역료도 제때 받았다고 했다. 스스로는 실력이 부족하다고 걱정했다. 경청을 해보니 이지우 코치의 장점들이 보물창고의 문을 연 것처럼 쏟아졌다. 주변 사람들도 이지우 코치의 성실함과 뛰어난 관리 능력을 이미 알고 있었음을 직감으로 알 수 있었다. 정작 본인만 부족하다고 느끼는 듯했다.

이지우 코치에게 왜 교수가 추천해 줬겠냐, 자신을 들여다봐야지 장점들이 얼마나 많으냐, 항상 최선을 다하는 모습에 교수들이 추천하고 출판사에서는 번역료를 제때 준거 아니겠느냐고 열심히 설명하고 있었다. 아, 내가 뭐 하는 거지? 경청하고 질문을 해야 하는데 설득하고 있는 나를 보았다. 깜짝 놀랐다. 침묵했다. 이지우 코치가 스스로 깨닫도록 질문을 했다면. 아무 말도 하지 않고 경청하면서 복사기 화법을 몇 번 해 줬더라면 좋았을 텐데. 아차 싶었다. 잠시 순간을 놓치면 이렇게 평소 설득하는 버릇이 나와서 경청은 산으로 가버렸다.

내가 태어난 경남 고성에는 봄부터 여름까지 어디서나 망초를 볼 수 있다. 들길, 논둑, 사람 손길이 닿지 않는 곳에 조용히 피어난다.

망초는 일제가 우리나라에 철도를 놓으며 미국에서 들여온 침목에 그 씨앗이 묻어 들어왔다고 한다. 낯선 땅에 떨어진 씨앗은 전국으로 퍼졌다. 나라가 기울던 시기에 피어나 '망초'라는 이름을 얻었다. 시작은 우연이었고, 배경은 아팠지만, 그 꽃은 결국 어디에서든 뿌리를 내리고 살아남았다.

이 이야기는 이상하게도 나의 경청과 닮았다.

삶이 힘들던 시기가 있었다. 건강에 이상이 생기고, 승진에 대한 압박, 인간관계 속 갈등까지 겹쳤었다. 여러 문제가 한꺼번에 밀려오자 버티는 것 외에는 아무것도 할 수 없었다. 바로 그때, 의도하지 않았던 방식으로 '코칭'을 만나게 되었다.

돌아보면 그것은 망초의 씨앗이 침목에 묻어 들어온 것과 비슷한 우연이었다. 준비되어 있던 만남이 아니라, 상황에 떠밀리듯 스며든 계기였다.

코칭을 통해 '경청'을 배우기 시작했지만, 처음부터 잘할 수는 없었다. 오히려 더 혼란스러웠다. 상대의 이야기를 듣고 있으면서도 머릿속에서는 끊임없이 내 기준과 판단이 끼어들었다. '나라면 저렇게 하지 않았을 텐데.', '저건 이렇게 해결해야 하는데.' 그렇게 상대의 이야기를 듣는 대신, 생각을 확인하고 있었다.

그래서 경청은 자연스러운 능력이 아니라, 의식적으로 붙잡아야 하는 훈련이 되었다. 자주 실패했고, 그때마다 다시 시도했다. 판단을 미루고, 해석을 줄이고, 고객의 목소리와 감정을 경청하는 연습을 반복했다. 그 과정은 더디고 불편했지만, 시간을 지나면서 조금씩 변화가 생겼다.

어느 순간부터는 말의 내용뿐 아니라 그 안에 담긴 감정이 느껴지기 시작했다. 말 사이의 망설임과 침묵까지 들렸다. 듣는다는 것이 '정보를 이해하는 것'이 아니라 '사람을 만나는 일'이라는 것을 비로소 알게 되었다.

망초가 특별한 환경이 아니라, 오히려 척박한 자리에서 더 잘 퍼져나갔듯이, 나의 경청도 편안한 순간이 아니라 가장 흔들리던 시기에 시작되었다. 그래서 경청의 깊이가 더 깊어질 수 있었다. 결국 중요한 것은 어떻게 시작했는지가 아니라, 그 이후에 어떻게 생활화하느냐였다.

여전히 완전한 경청의 경지에 이르지 못했다. 하지만 분명한 것은, 예전처럼 쉽게 판단하지 않고, 조금 더 들을 수 있게 되었다는 사실이다. 오늘도 망초를 생각한다. 우연히 시작되었지만 끝내 자신의 자리에서 피어나는 꽃처럼, 힘들지만 어렵게 조금씩 피어나는 경청의 꽃. 성장의 길이기에 계속 경청을 배우고 싶고 배우고 있다. 함부로 판단하는 우를 범하지 않기 위해 경청의 여정을 이어가면 언젠가는 더 깊이 있고 풍요로운 삶을 만날 거라고 기대한다. 진짜 힘 있는 사람은, 남의 이야기를 끝까지 들어줄 줄 아는 사람이라고 생각한다. 진짜 힘 있는 사람이 되고 싶다.

내면의 소리를
듣는 경청은
사랑의 언어

이은재

유치원 원장 임기를 마무리할 무렵, 우연히 찾아온 후배의 권유로 부산 변두리 고향에 있는 작은 미술학원을 인수하였다. 20년 전 명지는 부산시지만 학부모 대부분이 농사와 어업에 종사하였다. 지금은 명지 신도시로 변하여 농토가 있던 자리에 아파트가 빌딩 숲을 이루고 있다. 학원 운영 당시는 논밭 둑길로 차량을 운행하며 외지에 사는 학생들의 통학을 도와야 할 정도로 부산에서도 변두리 시골이었다.

시간이 흐르며 학부모님들의 요청으로 미술 수업 외에 국어, 영어, 수학 등 학과 수업을 도입하며 새로운 상황을 마주했다.

성적이 좋지 않은 아이들이 학년이 올라갈수록 자신도 모르게 말수가 줄어들고 자존감마저 낮아졌다. 교과수업 복습과 선행 학습만으로는 해결이 되지 않았다. 이해력은 높아지지 않았고 자존감은 점점 낮아지는 아이들을 대하면서 안타까운 마음이 커졌다.

우선 학생들이 내면의 소리를 경청하는 명상을 도입하였다. 마음이 편하지 않을 때 고민이 될 때 내면의 진짜 소리를 들으려고 명상을 꾸준히 해서 효과를 보았던 경험이 있다. 아이들에게도 내면의 소리를 듣는 기회를 주고 싶었다. 동기부여 시간도 만들었다. 자신의 꿈이 무엇인지, 왜 그 꿈을 이루고 싶은지, 꿈을 이루기 위해 무엇을 해야 하는지를 아는 것이 꼭 필요하다고 생각했다.

수업은 항상 5분 명상으로 시작하였다. 눈을 감고 있는 자신을 내려다보게 하였다. 앉아서 눈을 감고 있는 자신이 어떤 생각을 하고 있는지 바라보게 하였다. 인도 위파사나 명상을 쉽게 접목했다. 눈을 감고 자신의 숨소리를 들으면서, 자기 안의 목소리를 경청하는 시간을 갖는 것이었다.

"여러분은 무한한 가능성을 지닌 존재입니다. 이 수업은 여러분을 멋진 사람으로 성장시켜 줄 겁니다."

명상 후 아이들은 눈을 반짝이며 허리를 세우고 나를 바라보았다. 그제야 수업을 시작했다.

나는 학생들과 학부모님과 소통하기 위해 의견을 경청할 수 있는 새로운 공간을 마련하기로 했다. 원장실 옆방에 아늑한 공간의 다실을 만들었다. 학생, 학부모님들과 보이차를 마시며 의견을 나누었다. 내면의 말들이 자연스럽게 나왔다. 나는 경청하였다.

학생들은 학교와 학원의 울타리를 벗어나 세상 여행을 다니고 싶어 했다. 학부모들은 아이들에게 책 읽는 습관이 자리 잡기를 바랐다. 그 것은 역할 범위를 넘어서는 일이었지만 무시하고 싶지 않았다.

나는 체계적인 독서 지도사 교육을 받아야겠다고 생각했다. 3개월간 교육을 받아 '한우리 독서지도 교사' 자격증을 취득하였다.

호기롭게 독서지도를 시작하였는데 이내 새로운 문제에 봉착했다. 학생들은 모르는 단어가 많아 책을 읽으면서도 뜻을 이해하지 못해 책 에 흥미를 갖지 못했다. 여러 고민 끝에 나는 동아대 사회교육원 '한자 속독' 강좌에 등록했다. 6개월 동안 다니며 한자 속독 지도자 자격증을 취득하였다. 드디어 학생들의 실력이 향상되기 시작했다.

한자 속독 수업은 아이들의 단어 이해력을 높여주었다. 또한 자연스 럽게 한자 급수 취득까지 했다. 그야말로 일거양득의 효과였다. 독서 후 읽은 내용을 체계적으로 정리하는 마인드맵 교육도 도입해서 실시 했다. 날이 갈수록 명료하게 확장하는 성과가 나기 시작했다.

학원이 쉬는 주말에는 아이들만 동네를 배회하고 다녔다. 학부모들 은 주말이 따로 없었다. 들로 바다로 일을 가셨기 때문에 아이들을 제 대로 돌보기 힘든 가정이 많아 안타까웠다. 나는 주말이면 학생들을 데리고 여행을 떠났다. 학부모님들을 대신해 45인승 버스를 전세하여 학생들과 여러 곳으로 견학을 다녔다.

여름이면 경호강으로 래프팅하러 떠났고, 겨울이면 눈썰매를 타기 위해 경주월드와 양산 에덴밸리를 찾았다. 사천 공군 비행장 견학을 가기도 했고, 고성 공룡 엑스포에서 공룡의 세계를 체험하기도 했다. 김해 박물관과 경주 왕릉을 둘러보며 역사 이야기를 나누었고, 5월에는 합천에 가서 해인사와 성철 스님의 생가도 둘러보았다. 안동 하회마을과 낙안읍성 마을에서 옛사람들의 삶도 체험했다.

많은 곳을 함께 다니며 추억을 쌓았다. 나는 학생들과 점점 더 가까워졌고 아이들은 나를 신뢰했다. 우리 아들이 초등학교 6학년이 되었을 때는 제주도로 졸업여행을 떠났다. 6학년 원생들과 함께 떠났던 그 여행은 지금까지도 생생하게 기억에 남아있다.

세월이 흘러 아들은 이제 서른이 넘은 반듯한 사회인이 되었다. 그리고 그때 아들과 함께 제주도 졸업여행을 갔던 학원 친구들은 지금도 우정을 나누며 지내고 있다.

학원은 긍정의 에너지로 가득했고 학부모님과 학생들의 신뢰를 받으며 날로 성장하였다. 내 인생에서 가장 열정적으로 보낸 행복하고 보람 있는 시절이었다. 갑질하는 학부모는 한 분도 안 계셨고 문제 학생도 없었던 '선재 학원'은 이후로 두 번이나 더 넓은 공간으로 이전했다.

이어령 선생님은 "아이들은 떡을 달라고 하는데 돌을 주는 교육이 얼마나 많은가?"라고 말했다. 정작 아이에게 필요한 것은 생각할 힘, 말할 용기, 사람을 헤아릴 수 있는 마음인데, 우리는 시험 문제를 푸는 방법만 알려주며 돌을 내미는 건 아니었을까?

나는 교육을 해나가면서 깨달았다.

진정한 경청이란,

기술이 아니라 사랑의 언어였다.

바늘귀에
실을 꿰듯
삶을 경청하다

　　속도를 따라 정신없이 가다 보면 지금 내딛는 한 걸음이 진정 원하는 삶의 방향을 따라가고 있는지 모를 때가 있다. 누군가는 이미 앞서 있고, 나만 아직도 제자리인 것 같아 불안해진다. 누군가는 더 많은 것을 이루고 있는 것 같은 기분, 멈춤에 대한 두려움이 가고 싶은 길이 아니라 남들보다 뒤처지지 않기 위해 길을 따라서 간다. 방향이 아니라 위치가 기준이 되어버린다. 삶의 기준이 다른 누군가에 의해 끌려가고 있다. 이럴 때 방향을 찾기 위해서라도 바늘귀에 실을 꿰듯 천천히 귀를 기울여야 한다. 지금 설렘이 있는가, 억지로 참고 있는 무엇은 없는가, 하루를 마무리하고 나서 마음과 기분이 가벼운가, 무거운가 등등. 지금, 어디로 가고 있는지 '방향'을 보아야 한다. 인생은 '속도가 아니라 방향'이라고 했다. 삶의 속도를 경청(Focused Listening)하며 비로소 ‘나’다운 라이프스타일을 찾아가는 일이 중요하다. 슬로라이프 (Slow Life)를 실천한다는 것은 단순히 속도를 줄이는 것이 아니다. 경청의 대상을 외부에서 내부로 ‘본질’을 옮기는 과정이다.

　유행, 타인의 시선, 비교 등 조급함 때문에 바쁜 걸음으로 가다 보면 몸과 마음이 보내는 피로의 신호조차 느끼지 못한다. 남들과 속도 맞추느라 정작 마음의 실밥이 터져나가는 줄도 모른 채, 껍데기뿐인 화려함을 좇는 나를 발견할 때가 종종 있다. 우리를 살리는 것에는 ‘천천히’의 실천이 있음을 간과한 채. 응급실이나 수술실의 긴박한 의료 현장에서 심장이 다시 뛰기 시작할 때 의사가 건네는 첫마디는 “자, 천천히 숨 쉬어보세요.”이다. ‘천천히’는 죽음의 문턱을 넘어온 생명에게 건네는 환영사다.

　치과에서 수술대 위에서, 공포가 극에 달한 순간, “천천히 입 벌려보세요.”라는 말은 환자의 공포를 읽어낸 의사의 배려다. 건널목을 건널 때도, 마비된 근육을 깨울 때도, 엉킨 마음을 풀 때도 가장 큰 마법은 ‘천천히’에서 일어난다. 서두르면 부러지지만, 천천히 하면 이어진다. ‘천천히’는 곧 무너진 삶을 다시 세우는 재건의 속도다. 그만큼 ‘천천히’가 우리에게 주는 생명력은 크다.

　이제라도 늦지 않았다. ‘천천히’는 속도 문제가 아니라, 우리 몸과 마음이 자신을 치유하고 반응할 수 있도록 기다려 주는 생명력이다. 내가 입는 옷이 어디서 왔는지, 내가 먹는 음식이 어떤 과정을 거쳤는지 그 맥락에 귀 기울이면 자연스럽게 지속 가능한 삶(Slow & Sustainable)을 살아갈 것이다. 세상의 소음(Noise)에 파묻히기 쉬운 '나'를 경청해야 한다. 슬로라이프는 혼자 잘 사는 것이 아니라, 주변 세계 즉 사람, 자연, 사물과 깊게 교감하는 삶이다.

2011년, 김혜자 선생님이 주관하는 누비 세미나에 참석한 것은 내 삶에서 작은 전환점이 되었다. 그 자리에서 처음 본 우리 누비옷의 아름다움은 충격에 가까웠다. "우리 옷이 이렇게 아름다울 수 있다니!" 그 감탄은 쉽게 가라앉지 않았다. 손으로 한 땀 한 땀 지은 누비옷의 모습이 눈앞에 아른거려 그날 밤 쉽게 잠들지 못했다.

그즈음의 나는 옷 욕심이 많았다. 명품에 대한 호기심도 컸다. 무리해서라도 마음에 드는 옷은 사서 입곤 했다. 그렇게 비싼 값을 치르고 옷을 사 입는 일이 반복되면서 어느 순간 의문이 생기기 시작했다. 옷의 가치는 무엇일까? 옷의 의미는 무엇일까? 가격과 효용 사이에서 묻게 된 것이다.

그때 '이새'라는 브랜드를 처음 알게 되었고, 그 옷을 입기 시작했다. 자연스러운 디자인과 옷의 철학이 마음에 와닿았다. 그러던 어느 날 문득 이런 생각이 들었다. 내가 바느질할 줄 아는데, 왜 비싼 값을 치르며 옷을 사 입을까?

그 질문은 곧 행동하게 했다. 직접 옷을 디자인하고 옷 짓는 작업을 시작했다. 그리고 그 과정에서 비로소 깨닫게 되었다. 옷은 단지 몸에 걸치는 물건이 아니라 내면과 함께 입는 것이라는 사실을.

몸은 늘 솔직하게 반응한다. "옷이 편안하네, 좋은 느낌이네." 그 소리를 반복해서 느끼며 옷에 경청하기 시작했다. 옷감의 소리를 듣고 디자인을 구상하며, 천의 성질을 이해하고, 옷이 주는 의미를 더 깊게 알아보기로 했다. 그리고 몸과 마음이 웃는 옷을 만들기로 했다. 옷을 만드는 일은 경청과 매우 닮았다. 옷감의 소리에 귀 기울여 바느질하는 옷감의 두께, 신축성, 광택, 그리고 손끝에 닿는 질감에 집중한다. 이 옷감이 여름용인 리넨, 면, 인견인지, 아니면 겨울용인 울, 캐시미어, 실크인지에 따라 바느질 방법, 실의 텐션과 종류가 달라진다. 옷감이 가진 특성을 읽어내지 못하면 아무리 화려한 완제품을 만들어도 몸 따로 옷 따로, 빌려 입은 옷이 된다.

한 땀의 정성으로 '나'를 비우고 '너'를 바라보며 쉬어가는 일은 삶의 성장을 위한 성찰이다. 옷을 수선하고 기워 입는 행위는 그 옷에 담긴 시간과 역사를 존중하는 행위이다. 경청은 현재 모습뿐만 아니라 그가 지나온 삶의 궤적과 앞으로 지향하는 가치관이라는 전체 맥락을 듣는 일이다.

바느질로 옷 한 벌을 정성껏 완성해 본 사람은 안다. 옷을 짓는 일은 단순히 천을 잇는 일이 아니라 입는 사람의 삶을 경청하는 과정이라는 것을. 그 사람의 움직임, 그 사람의 시간과 이야기를 살피며 한 땀 한 땀 이어가는 일이다. 그래서 옷을 짓는 일은 경청과도 같다.

삶이란 완성해 가는 단 한 벌의 옷일지도 모른다. 서둘러 박음질한 기성복 같은 일상 대신, 몸의 숨결과 속도에 맞춘 '슬로 패션'의 철학을 삶에 덧입혀 보길 제안해 본다. 실이 엉키면 멈추고 피로하면 매듭을 고쳐 묶는 정직한 느림이야말로 우리 생명을 가장 아름답게 지탱해 주는 단단한 안감이 되어줄 것이다. 효율과 속도가 미덕이 된 시대일수록, 몸과 마음이 보내는 신호에 귀 기울이자. 천천히 지어 올린 하루는 쉽게 해지거나 유행에 뒤처지지 않는다. 세월이 흐를수록 깊이를 더하는 삶의 명작이 될 것이다. 옷장 문을 닫고 나서는 당신의 뒷모습에 서두름 대신 '천천히'라는 품격이 깃들기를. 그리하여 당신의 삶이 가장 편안한 맞춤복이 되기를 응원한다.

경청의 시간이 모여 한 땀 한 땀 지어질 때, 비로소 이 복잡한 시대 속에서도 해지지 않고 생명력 있는 삶이 완성된다. 자신을 향한 경청이야말로 나답게 재단하고 완성해 가는 가장 고귀한 지혜가 될 것이다.

“경청은 대답하기 위해 듣는 것이 아니라 이해하기 위해 듣는 것이
다.”

우리는 왜
들어주는 사람에게
마음을 열까?

살다 보면 마음이 지치는 때가 있다. 작은 오해 하나에 흔들리기도 한다. 그럴 때 우리는 누군가에게 마음속에 담아두었던 이야기를 건넨다. 어렵게 꺼낸 말에 조언이나 해결책을 제시하면 이해받고 싶은 마음은 닿지 않는 듯하다. 우리는 종종 답보다 내 이야기를 끝까지 들어주는 사람에게 마음을 연다.

영화 〈리틀 포레스트〉의 한 장면이 떠오른다. 은숙은 회사에서 있었던 일을 하소연하듯 혜원에게 털어놓는다. 잠시 이야기를 듣던 혜원은 현실적인 말을 건넨다. 힘들다면 그만둬도 된다고. 논리적으로 틀린 말은 아니지만, 은숙에게는 혜원의 그 말이 서운하게 들렸을지도 모른다. 은숙은 날이 선 목소리로 말한다. 해결책보다 자신의 마음을 먼저 이해받고 싶었다고. 그 장면을 떠올리며 문득 이런 질문을 한다. '듣는 것'과 '들어주는 것'은 무엇이 다를까? 혜원은 은숙의 이야기를 듣기는 했지만, 그녀의 마음을 헤아려 들어주지는 못했다. 우리는 흔히 사람들이 해결책을 원한다고 생각한다. 사실은 그보다 이 한마디를 기다린다.

"네가 그렇게 느꼈구나. 그럴 수 있겠다."

은숙처럼 많은 사람에게 조언보다 경청과 위로가 필요한 순간이 있다.

나에게도 비슷한 경험이 있다. 어린 시절 부모님은 맞벌이로 늘 바쁘셨다. 내 말을 듣기는 하셨지만, 마음마저 들어주지는 못하셨다. 성인이 된 이후에도 그 정서적 거리감은 크게 달라지지 않았다. 말이 끝나기도 전에 엄마는 익숙한 반응을 보이곤 하셨다.

"왜 그렇게 복잡하게 생각해?"

"그만 이야기하자."

어느 날, 마음속에 쌓여 있던 서운한 감정이 터져 엄마에게 물었다.

"엄마! 왜 대화할 때마다 계속 다른 일을 하는 거야? 눈을 바라보면서 이야기하면 안 돼?"

이야기하는 중에도 엄마는 등을 돌린 채 할 일에 집중하고 있었다. 하던 일을 계속하며 답했다.

"내가 안 듣고 있는 것처럼 보이니? 귀먹은 거 아니야. 지금 해야 할 일들이 많으니까 그래."

잠시 후에 이렇게 덧붙인 말은 나를 더 속상하게 했다.

"그럼, 그만 말하면 안 되니? 왜 계속 말하고 있어?"

그저 정서적으로 연결되고 싶었다. 누군가 내 이야기를 온전하게 들어주는 경험을 그리워했다. 하지만 이 텅 빈 마음은 좀처럼 채워지지 않았다.

2025년 9월, 멘토 코칭을 받으며 내 이야기를 온전하게 들어준 코치를 만났다. 5회라는 짧은 시간이었지만, 그녀는 어느 한 부분도 놓치지 않았다. 스스로 마음을 들여다보고 비춰볼 수 있도록 끝까지 들어주었다. 지금도 기억에 남는 질문이 있다.

"그렇다면, 효선 님은 앞으로 가족 간의 관계에서 나를 지키는 방식이 무엇이라고 생각하나요?"

그 질문을 듣는 순간, 고민에 한창 몰입했던 순간들이 그저 단 하나의 점일 뿐이라는 걸 깨닫게 되었다. 그제야 공허하면서도 복잡했던 마음이 눈 녹듯 풀렸다. '아! 지금 이 코치는 나를 판단하지도 않고 고치려 하지도 않는구나.' 그때 처음으로 존중이 가득한 경청이 얼마나 따뜻한지 몸소 경험했다.

2000년에 방영했던 드라마 〈이브의 모든 것〉에도 비슷한 사례가 있다. 진선미가 힘든 일을 겪고 상처받아 '나는 왜 이럴까. 왜 항상 부족할까.' 하고 스스로 탓하는 장면이다. 이때 키다리 아저씨 현철은 늘 선미의 이야기를 끝까지 들어준 뒤 이렇게 말한다.

"그래. 그런 일이 있었구나. 넌 그냥 너답게 하면 돼."

선미는 그 앞에서만큼은 긴장을 풀고 눈물 섞인 웃음을 지으며 다시 힘을 냈다. 이 드라마를 여러 번 봤다. 최근에 다시 보며 이런 생각이 들었다. '다시 일어설 수 있도록 용기를 주는 힘은 도대체 어디에서 오는 것일까?' 이는 온전한 경청과 존중에서 시작된다.

나는 이제 대화를 시작하기 전에, 상담심리학자 칼 로저스의 말을 먼저 떠올린다.

'사람은 깊이 이해받고 있다고 느낄 때 스스로 변화할 힘이 생긴다.'

그리고 다시 묻는다.

'그 사람 옆에 머물러 줄 용기와 힘이 있는가?'

그 질문에 고개를 끄덕일 수 있을 때, 이렇게 말해주고 싶어진다.

"괜찮아요. 지금 이야기를 들어줄게요."

오늘 누군가의 이야기를 듣게 된다면 잠시 그 사람 마음에 더 머물러보자. 사람은 자기 마음이 안전하다고 느껴질 때 한결 대화가 편안해진다. 우리에게 필요한 건 해결이 아니라 편하게 말할 공간일지도 모른다.

지금 당신 옆에 있는 사람에게 필요한 건 조언일까, 아니면 공간일까.

기다림도
물음도
경청이었다

오랫동안 경청을 '판단을 내려놓고 상대의 말과 감정을 끝까지 듣는 태도'라고 믿어왔다. 그 생각을 의심해 본 적은 없었다. 경청이란 원래 그런 것이고, 그것으로 충분하다고 여겼다. 시간이 지나며 그 확신에 작은 균열이 생겼다. 경청에는 하나의 정답이 없다는 사실을 조금씩 깨달았기 때문이다. 어떤 순간에는 말보다 표정을 먼저 읽어야 했고, 어떤 순간에는 상대가 끝내 하지 못한 말을 조심스럽게 확인해야 했다. 경청은 상황과 관계에 따라 전혀 다른 얼굴을 하고 있었다.

그 차이를 처음 마주한 건 조카와의 짧은 대화였다. 그 무렵, 사람의 감정을 어떻게 읽고 다루어야 하는지 배우고 있었다. '감정코칭'이라는 말을 처음 접했고, 말보다 마음을 먼저 보라는 이야기를 반복해 들었다. 하지만 배운 내용들은 머릿속에만 머물러 있었다. 막상 아이 앞에 서면 그 말들은 온데간데없었다.

어느 날 거실에서 동생들과 조카들이 게임을 하고 있었다. 일곱 살 조카 범은 지는 것을 유난히 싫어했다. 게임에서 지자 판을 밀치고, 입술을 삐죽 내밀며 팔짱을 꼈다. "괜찮아." 동생들이 말했지만, 조카는 고개를 돌렸다. 잠시 뒤 신발을 신고 대문 밖으로 나갔고 문이 쾅 닫혔다.

우리는 서로 얼굴을 바라보았다. 아무도 일어나지 않았다.

십 분쯤 지났을까. 대문이 다시 열렸다. 조카는 신발을 벗고 거실을 한 번, 복도를 한 번 바라보았다. 한 발 내딛다가 다시 멈췄다.

"범아, 이리 와."

방문을 열고 불렀다. 조카는 천천히 걸어왔다. 나는 벽에 기대어 앉아 있었다. 조카는 곁눈질하다가 맞은편 바닥에 털썩 앉았다. 우리는 불과 두 걸음 남짓한 거리에 있었다. 말로 표현할 수 없는 선 하나가 그 사이에 있었다.

가까이 오라고 하지 않았다. 손을 내밀지도 않았다. 그저 조카를 바라보았다.

"무엇이 그렇게 화나게 했어?"

조카는 고개를 들지 않았다. 방 안에는 침묵이 흘렀다. 거실에서는 동생들의 웃음소리가 들렸다. 조카는 울음을 참고 있었다.

"밖에 나가 있었을 때 어떤 마음이 들었어?"

조카는 벽을 보다가, 문을 보다가, 다시 내 얼굴을 힐끗 쳐다보았다. 그리고 아무 말도 하지 않았다.

똑, 딱.

똑, 딱.

시계 초침 소리만 방 안에 울렸다. 한참이 지나서야, 거의 들릴 듯 말 듯 한 목소리가 들렸다.

"무서웠어."

"무엇이 무서웠니?"

"아무도 나를 찾으러 오지 않아서."

그제야 조카는 나를 바라보았다. 눈에는 눈물이 고여 있었다. 고개를 끄덕였다.

"그랬구나."

그 뒤로 조카는 천천히 말을 이었다. 나는 끼어들지 않았다. 방 안에 조용히 함께 있었다. 조금 시간이 흐르자, 조카가 조금씩 다가왔다. 조카가 먼저 내민 손을 잡아줬다. 조카가 왜 그토록 지는 것을 두려워하는지는 끝내 알 수 없었다. 하지만 그 순간에는 그것으로 충분했다. 그날, 나는 그런 방식의 경청을 배웠다.

모든 대화가 이런 기다림으로 풀리는 건 아니었다. 외부에서 온 상사와 일하면서 전혀 다른 방식의 경청이 필요하다는 것을 알게 되었다. 그는 컨설팅 경험이 풍부하고 방향을 빠르게 짚어내는 사람이었다. 대화를 시작하면 이미 도착지를 보고 있는 듯했다. 그에게는 어디로 가야 하는지가 분명했고, 그저 가면 된다고 여기는 듯했다.

반면 나는 목적지까지 가는 단계가 보이지 않으면 쉽게 움직이지 못했다. 길이 머릿속에 그려지지 않으면 출발조차 막연했다. 보고를 거듭할수록 우리는 어딘가 어긋났다. 같은 단어를 쓰고 있지만 의미는 달랐다. "급하지 않다"라는 말도 그랬다. 내게는 2주였지만 그에게는 3일이었다.

어느 날 화상 보고 자리에서 그의 피드백이 도무지 이해되지 않았다. 다시 묻는 것이 무례하지 않을까 망설였다. 그냥 넘어갈 수도 있었다. 하지만 이번에는 그렇게 하지 않기로 했다.

"이해가 잘 안 됩니다."

화면 너머로 잠시 침묵이 흘렀다. 심장이 빠르게 뛰었다. 회의에 참석한 누구도 입을 열지 않았다. 눈치가 보였지만 천천히 말을 이었다.

"원하시는 방향을 말씀해 주시면 담지 못한 부분은 보완하겠습니다. 생각하지 못한 방향이라면 다시 고민해 보겠습니다. 참고할 만한 사례가 있다면 알려주세요."

회의가 어떻게 끝났는지 기억나지 않는다.

다음 날 아침, 장문의 메일이 도착해 있었다. "혼낼 의도는 없었다."라는 말과 함께, 배경 설명과 참고 자료가 담겨 있었다. 두세 번 읽고 나서야 그가 무엇을 원했는지 조금씩 이해되었다.

그때 깨달았다. 그 순간 내가 선택한 것은 침묵이 아니라 또 다른 방식의 경청이었다. 듣기 위해 말하는 순간도 있다는 것을.

경청은 결국 그 차이를 인정하는 데서 시작된다. 조카 앞에서는 기다려 주는 것이, 상사 앞에서는 묻는 용기가 경청이었다. 방식은 달랐어도 출발점은 같았다. 지금, 이 순간 이 사람에게 필요한 것은 무엇일까.

누군가는 말을 꺼낼 때까지 기다려 주길 바란다. 다른 이는 자기 말이 제대로 전달되는지 확인하고 싶어 한다. 어떤 관계에서는 침묵이 안전이고, 또 다른 관계에서는 솔직한 질문이 신뢰가 된다. 여전히 대화 속에서 이해하지 못하는 순간들을 만난다. 다만 이제는 예전처럼 서둘러 이해한 척하지 않는다. 기다릴지, 물을지…. 그 선택 앞에 잠시 머문다.

그 순간에 내가 취할 수 있는 가장 진실한 태도,
그것이 지금의 내가 배운 경청이다.

3장

작고 귀한
물음표로
잠든 삶을 깨우다

“네가 그토록 지키고 싶은 가치는 무엇이니?”,
“지금 네가 느끼는 불안의 끝에는 무엇이 기다리고 있니?”

- 김우현

변화는 의지를 다그칠 때가 아니라, 나를 이해하려는
질문에서 시작된다는 사실을 그때 처음 깨달았다.

- 이옥순

어른다운 어른이 되는 것이 우리들의 성장이 아닌가 한다.
내 마음에 불편한 무언가가 있다면 자신에게 질문해 보자.

- 강은주

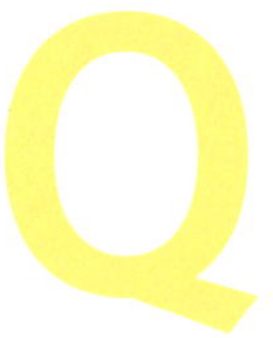

- 지금 이 질문으로, 나는 어떤 작은 실천을 할 수 있나요?

- 당신은 나 자신에게 감동하는 일을 하고 있나요?

평생 기다려 온 말,
'그때 넌 어땠니'

질문은 마음을 두드리는 일이다. 진심을 담은 노크는 오래 닫혀 있던 문을 열게 한다. 그렇게 열린 문 너머로 새로운 하루가 시작된다.

코칭 자격을 취득하고도 한동안 누군가에게 코칭을 제안하지 못했다. '아직 부족한데.' 이 생각이 나를 붙잡고 놓아주지 않았다. 그러던 어느 수업에서 한 코치가 물었다. "명의가 언제부터 명의였을 것 같아요?" 한참 동안 대답하지 못했다. 그 질문은 며칠 동안 곁을 떠나지 않았다. 과거의 나, 지금의 나, 앞으로의 나를 계속 떠올리게 했다. 문득 알게 되었다. 그동안 완벽해야 한다는 생각에 자신을 가두고 있었다는 것을. 사람은 완벽할 수 없다는 사실을 이미 알고 있었다. 그럼에도 여전히 그 틀 안에 자신을 묶어 두고 있었다. 질문 하나가 그 단단한 틀을 흔들었다.

좋은 질문은 답을 찾기 위해서가 아니라, 자신을 만나기 위해 존재한다.

어떤 질문은 무너진 마음을 가만히 일으킨다. 서른을 넘기며 면역질환을 앓게 되었다. 출산과 육아를 거치며 몸은 더 약해졌다. 그런 몸을 이끌고 친정 가족들과 여행길에 올랐다. 그곳에서 동생과 오해가 생겼다. 마음이 틀어진 채 같은 공간에 머물러야 했다. 우리 둘 사이의 긴장은 결국 가족들까지 불편하게 만들었다. 몸도 함께 지쳐 갔다.

집으로 돌아왔지만 불편함은 쉽게 가시지 않았다. 그러던 어느 날 동생에게서 먼저 연락이 왔다. "언니 그때 왜 그랬던 거야?" 용기를 낸 쪽은 동생이었다. 당시 마음을 담담하게 표현하는 데 익숙하지 않았다. "그냥 그렇게 된 거야." 모호한 말로 얼버무리고 말았다. 그래도 물어봐 주었다는 사실만으로 조금 가벼워졌다. 하지만 진심을 제대로 전하지 못했다는 아쉬움도 한편에 남았다.

얼마 후, 여행을 함께했던 이모에게서 전화가 왔다. "너 그동안 많이 아팠지?" 그 한마디에 엉켜 있던 것이 스르르 풀렸다. 질문은 그렇게 사람을 다독인다는 것을 그때 알았다.

제때 건네지 못한 질문은 오래도록 마음에 아쉬움을 남긴다. 어릴 적 부모님이 따로 사시면서 외갓집에서 초등학교 시절을 보냈다. 엄마는 새벽에 나가 저녁 늦게 돌아왔다. 일에 지쳐 잠든 엄마의 뒷모습을 보며 자랐다. 중학생이 되어 다시 아빠와 함께 살게 되었지만, 상황은 크게 달라지지 않았다. 아빠는 일 때문에 집을 자주 비웠고, 엄마는 직장과 집안일로 늘 바빴다. 두 분의 시선은 내가 아닌 다른 곳을 향하고 있는 것처럼 느껴졌다.

시간이 흘러 어른이 되었지만, 마음속 외로운 아이는 그대로였다. 엄마는 말했다. "나는 늘 너희와 함께 있었어." 그 말이 와닿지 않았다. 서운함은 때때로 부모님께 날카로운 말로 튀어나왔다. 그리고 곧 후회가 따라왔다. 머리로는 부모님이 최선을 다했다는 걸 알았지만, 마음은 여전히 그때의 외로운 아이로 묻고 있었다. '엄마, 아빠, 정말… 나 사랑했어?' 아이에게 사랑은 눈빛과 말로 확인될 때 비로소 현실이 된다.

영성 모임에서 부모님 이야기를 나누던 중 한 코치가 물었다. "엄마가 '나는 늘 너희와 함께 있었어. 그런데 넌 그때 어땠니?'라고 물어봐 준다면 어떨 것 같아요?" 그 질문은 마음을 움직였다. 떨리는 마음으로 엄마에게 전화를 걸었다. "나는 어릴 때 외롭고, 엄마가 늘 걱정되고 그리웠어. 그때 내가 어땠는지 물어봐 줄 수 있어?" 처음 엄마는 방어적으로 답했다. "뭐? 외로웠다고? 그때는 어쩔 수 없었어." 다시 멀어지는 느낌이 들었다. 그런데 잠시 후 엄마가 조용히 말했다. "나도… 엄마에게 물어볼 기회를 줄 걸 그랬다…." 그리고 훌쩍이는 소리가 들렸다.

그 순간 알게 되었다. 엄마에게도 풀리지 않은 어린 시절이 있었다는 것을.

경찰이었던 외할아버지가 다른 도시로 발령받은 해였다. 온 가족이 함께 떠나야 했다. 중학교 졸업을 앞둔 엄마는 혼자 남아 자취를 시작했다. 아직 열다섯이었다.

외할머니는 끝내 그 한마디를 건네지 못한 채 눈을 감으셨다. "그때 넌 어땠니?" 엄마는 어쩌면 그 질문을 평생 기다렸는지도 모른다.

이제야 궁금해진다. 온 가족이 떠나던 날, 혼자 자취방으로 돌아가던 길은 얼마나 멀었을까. 서툴게 싸 온 도시락을 펼치던 마음은 얼마나 쓸쓸했을까. 차가운 물에 교복을 빨던 손끝은 얼마나 시렸을까. 문고리를 몇 번이고 확인하던 밤은 얼마나 길었을까. 그 모든 순간을 엄마는 혼자 견뎠다.

이제라도 묻는다면, 그 시절의 외로움이 조금은 가벼워질 수 있을까. 오늘 엄마에게 전화를 걸어야겠다. 특별한 이유 없이. "엄마, 안녕? 오늘 하루는 어때?"

엄마가 평생 기다렸던 그 질문. "그때 넌 어땠니?" 짧은 한마디지만, 그 안에는 너의 시간을 온전히 품고 싶다는 뜻이 담겨 있다. 정답 없이 묻는 말, 판단 없이 바라보는 눈빛 앞에서 사람은 오래 닫아 두었던 이야기를 풀어낸다. 외할머니가 엄마에게 끝내 묻지 못한 것도, 어쩌면 그 한마디였을 것이다. 그리고 지금, 그 질문을 내가 엄마에게 건넬 차례인지도 모른다.

질문은 마음의 눈을 뜨게 한다. 때로는 한 사람의 세계를 흔들어 바꾸기도 한다. 지금 곁의 소중한 사람에게 물어보자. "오늘 하루는 어때?" 어쩌면 그 한마디가 오래 닫혀 있던 문을 살며시 두드릴지도 모른다.

질문으로
문제는 해결된다

요즘은 자신을 소개하거나, 상대방의 성격을 이야기할 때 MBTI로 표현하곤 한다. 지금처럼 MBTI가 활성화되기 훨씬 전, 부모역할훈련에서 MBTI 검사를 했었다. 나의 성격유형은 'ISTJ'이다. 예상하지 못했던 것은 내가 'I(Introversion)'라는 것이다. 지금도 'ISTJ'라고 말하면, 대부분 사람이 "E(Extraversion) 아니에요?"라고 한다. 이 결과로 한 사람의 전부를 판단할 수는 없지만, 이해의 시작점으로 삼을 수는 있다. 이 검사 후 '나를 잘 모르네?'라는 생각이 들어, 자신을 이해하고 탐색하는 것에 더욱 흥미를 느끼게 되었다. 생각해 보면 문제가 있을 때 사람들하고 이야기하기보다는 일기를 쓰곤 했다. 고민이 생겼을 때 일기장에 한참을 속 시원히 쓰고 나면, 고민이 적어지거나 해결할 수 있는 지혜가 생겼다. 성인이 되어서는 해결하고 싶은 문제가 있거나 결단해야 할 때는 나에게 질문했다. 의식적으로 의도된 질문일 때도 있었고, 무의식적으로 내면에서 올라오는 질문일 때도 있었다.

나는 「메밀꽃 필 무렵」의 봉평에서 2남 1녀 중 막내로 태어났다. 아들러 심리학에서 말하는 '가족 서열'로는 장녀이자 막내고, 외동딸이다. 축복받은 서열로 사랑과 인정 속에 자랐다. 그리고 결혼해 첫 딸아이를 낳았다. 친정 부모님에게는 첫 손주였고 오빠들에게는 첫 조카이다. 친정에서는 금이야 옥이야 귀한 딸아이였다. 그런데 시어머니는 남존여비 사상을 신념으로 평생 살아왔다. 종종 이해되지 않는 생활 방식을 강요하신다고 느낄 때가 많지만, 듣고 마음에 담아 두지는 않았었다.

시어머니와의 마음속 갈등은 첫딸을 낳은 후 시작되었다. 태어난 지 두 달이 안 된 아이를 데리고 명절에 시댁에 갔다. 시댁에서 지내는 동안 시어머니는 손녀딸 얼굴을 보지도 않았다. 시댁을 떠나올 때도 아이에 대한 의례적인 인사조차도 없었다. 신발을 신으려는데 눈물로 신이 보이지 않았다. 그동안 나에게 한 일은 넘길 수 있었지만 내 아이를 이렇게 대하는 것은 다르게 느껴졌다. 나의 존재를 무시당한 기분이 들었고 더 이상 넘기기 힘들었다. 겉으로는 내색 없이 며느리로서 역할을 다했지만, 시어머니에 대한 내적 갈등은 지나온 시간만큼 차곡차곡 쌓였다.

그렇게 나이 오십을 훌쩍 넘겼을 즈음, 시어머니를 미워하는 마음이 신앙의 걸림돌이 되었다. 아들, 딸이 성인이 되면 결혼하게 되어 새 가족을 맞이해야 할 것이다. 그럼 나도 한 집안의 어른이 될 텐데 '언제까지 이 불편한 마음을 안고 살 것인가?' 어른스럽지 않은 마음을 끝내고 싶었다.

마침, 시댁에서 출퇴근이 가능한 곳으로 4박 5일 출장을 가게 되었다. 시어머니는 시골집에 혼자 사시니 같이 지내며 그동안 응어리졌던 상처들을 속 시원하게 풀어 놓고, 시어머니로부터 사과받아 낼 생각이었다. 시어머니는 이런 내 속도 모른 채 반가운 기색으로 어서 오라고 하셨다. 절호의 기회처럼 느껴졌다. 첫날은 퇴근길에 시어머니가 제일 좋아하시는 K사의 '허니 콤보'를 따끈따끈한 상태로 포장해 가 맛있게 먹었다. 자려고 누워 "어머니! 시집와서 단둘이 지내는 게 처음이에요." 하며 말문을 열었다. 그런데 시어머니가 "네가 처음 인사하러 왔을 때, 마당에 들어서는데 훤한 달덩이가 들어오더라. 겁나 이뻤어!"라며 친근한 사투리로 답하시는 걸 들으니 차마 준비한 말을 할 수가 없었다. 그렇게 하룻밤, 이틀 밤이 지났다. 삼 일째, 시어머니가 차려준 아침을 먹으며 저녁 약속으로 늦으니 기다리지 말고 주무시라고 말했다. 그러면서 속으로는 '오늘은 꼭 이야기해야지' 굳게 다짐했다.

모임을 끝내고 시어머니가 드실 음식을 포장해서, 칠흑 같은 어둠을 뚫고 굽어진 시골길을 달려왔다. 우회전 골목 끝에 시어머니 집이 있었다. 큰 도로를 벗어나 우회전해서 상향등을 비추는 끝에 희미한 무언가가 있다. 시어머니다. 언제부터 기다렸을까, 캄캄하고 차가운 한밤에 혼자 거기에 앉아 있었다. 눈물이 핑 돌았다. 순간 '저분은 너에게 어떤 존재니?' 나에게 질문했다. 질문에 답하지 못한 채 차에서 내렸다. 늦은 밤이고 추운데 왜 밖에 계시냐면서 손을 잡았다. 손이 얼음장이다. 말씀은 답답해서 금방 나왔다고 하는데 족히 한 시간은 넘었을 듯했다. 시어머니의 어깨를 감싸안고 방으로 들어갔다.

이불을 펴고 누우니 시어머니는 금방 잠이 드셨다. 잠이 오지 않았다. '어머니는 너에게 어떤 존재니?' 나에게 또 물었다.

'남편을 낳으신 분, 내 아이들의 생명과 연결되신 분'이다. 이들은 내가 사랑하는 존재들이다. 시어머니 없이는 존재할 수 없는 사랑하는 이들이다. 순간 깨달았다. 욕심이 과했다. 시어머니는 존재만으로 충분했다. 이렇게 스스로 던진 질문에 답을 하고 나니 말하지 못했던, 아니 말하지 않았던 지난밤들이 선물 같았다. 시어머니에게 죄송했고, 그동안 쌓아둔 앙금이 눈 녹듯 사라졌다. 만약 이 문제를 시어머니와 이야기했다고 한들 해결되지 않았을 것이다. 어쩌면 내가 원하는 대로 해결이 되지 않으면 더 큰 상처로 남았을 것이다. 내면을 향한 질문 하나로 20

년 켜켜이 쌓인 마음의 쓰레기들이 해결되었다. 이 일을 겪고 나서 더 분명해졌다. 내적인 힘이 크게 작용하고 있다는 것을.

도로시 리즈의 『질문의 7가지 힘』에서 핵심 메시지는 '변화는 답이 아니라 질문에서 시작된다'라고 한다. 세상을 향한 질문이든, 상대에게 하는 질문이든, 내면을 향한 질문이든 상관없다. 변화의 시작은 분명하다. 아직 말하지 못하는 아이들이 손가락으로 가리키며 하는 일이 질문이고, 변화의 시작이다. 아이들이 조금 자라 말을 하기 시작하면 "왜요?"라는 질문을 하면서 놀랍도록 성장한다. 키가 하루가 다르게 자라는 것처럼 생각도 성장하고 확장되는 것이다. 그렇다면 키가 다 자란 우리는 무엇으로 성장하고 확장할 것인가? 어른다운 어른이 되는 것이 우리들의 성장이 아닌가 한다.

내 마음에 불편한 무언가가 있다면 자신에게 질문해 보자.
"내 안에 문제는 누구 것인가?"
"문제를 해결할 수 있는 사람은 누구인가?"
"문제를 해결하는데 장애 요인은 무엇인가?"
"문제해결은 언제 할 수 있는가?"
"문제가 해결된 후 나의 모습은 어떻게 변화하겠는가?"

질문은 관계를
신뢰하는 용기

나는 늘 경청하는 편이었지 질문하는 사람은 아니었다. 상대의 말을 끊지 않고 끝까지 들어주었으며, 적절한 시점에 따뜻한 공감을 건네는 데는 익숙했다. 하지만 대화가 끝난 뒤에는 늘 묘한 허전함이 그림자처럼 남았다. 허전함의 실체는 무엇일까. 오랫동안 고민한 끝에 내린 결론은, 내가 그 이야기의 깊이를 열어줄 '문장'을 던지지 못했다는 사실이었다. 나는 문밖에서 정중하게 기다리고만 있었을 뿐, 상대가 스스로 문을 열고 자신의 심연으로 들어갈 수 있도록 돕는 '열쇠'를 건네지 못했다.

내게 질문은 절대 쉽지 않은 과제였다. 질문을 던지는 행위 자체가 나 자신의 무지를 드러내는 것 같아 두려웠고, 때로는 내가 상대를 평가하거나 취조하는 사람으로 보일까 봐 지나치게 조심스러웠다. 무엇보다 질문은 '나는 당신의 답을 모른다'라는 사실을 인정하는 겸손의 행위였기에 늘 무언가 답을 주어야 한다는 강박에 시달리던 내게는 커다란 장벽과 같았다. 그래서 나는 질문하는 대신 언제나 안전하게 공감하거나 조언해 왔다.

하지만 질문한다는 것은 실은 이 사람 안에 이미 답이 있을 것이라 믿겠다는 '선택'이자, 우리 관계가 그 질문을 견뎌낼 만큼 깊다는 사실을 신뢰하겠다는 '용기'였다.

내가 질문을 피했던 이유는 역설적으로 관계를 지키고 싶었기 때문이었다. 혹여나 불편한 지점을 건드려 어렵게 쌓아온 평온함이 흔들릴까 봐 조심스러웠다. 하지만 안전한 자리에서 맞장구만 치는 대화가 반복될수록, 우리 사이에는 진심 대신 공허한 '말'들의 잔치만 남았다. 대화의 중심에 사람이 있어야 하는데, 어느새 서로를 배려하는 척하는 기술적인 말만 가득했다.

질문은 대화를 예측할 수 없게 만든다. 질문을 던지는 순간, 대화의 주도권은 질문자에게서 답변자에게로 완전히 넘어간다. 그 사이에는 정답을 알 수 없는 침묵이 흐르기 마련이다. 그 침묵을 견디는 일은 고통스러웠지만, 예측 불가능 속에서 사람의 내면은 비로소 열리기 시작한다는 사실을 깨달았다. 질문 뒤에 찾아오는 침묵은 버려진 공백이 아니었다. 흩어져 있던 생각과 파편화된 감정들이 비로소 제자리를 찾아가는 소중한 숙성의 시간이었다. 그 시간을 존중할 수 있게 되었을 때, 나는 비로소 질문의 두려움을 넘어서는 용기가 생겼다.

이 패턴을 뼈아프게 자각하게 된 결정적인 계기가 있었다. 10년 넘게 알고 지낸 선배에게 조언을 구하러 찾아갔다. 40대를 코앞에 둔 시기, 삶의 방향성에 대해 길을 잃은 기분이었던 나는 앞선 길을 걸어간 선배의 화려한 경험담과 명쾌한 조언을 듣고 싶었다. 그러나 그는 내 기대를 비웃기라도 하듯, 뜻밖의 코칭 대화를 제안했다. 이후 우리 대화는 이전과 완전히 달랐음을 아직도 생생히 기억한다.

그날 이후 우리가 나눈 대화는 이전의 10년과는 전혀 달랐다. 그는 내게 단 한 줄의 해법도 제시하지 않았다. 대신 질문만을 건넸다. "우현아, 네가 그토록 지키고 싶은 가치는 무엇이니?", "지금 네가 느끼는 불안의 끝에는 무엇이 기다리고 있니?" 처음에는 왜 명쾌한 의견을 주지 않는지 서운하고 답답했다. 하지만 몇 달간 이어진 질문 중심의 대화 속에서 내 안의 답을 스스로 찾아가는 근육을 기르기 시작했다.

변화는 어느 순간 고요하지만 강렬하게 찾아왔다. 그의 질문에 답하기 위해 나는 인생의 앨범을 한 장 한 장 다시 넘겨보아야 했다. 그 질문을 따라가며 엉켜 있던 생각과 감정의 실타래를 정리해 나갔다. 타인의 목소리에 기대지 않고 내 안에서 길어 올린 답들은 나만의 지도가 되었다. 누군가로부터 얻은 설득이 아니라 스스로 이해하게 되는 힘,

그것은 질문이 내게 준 가장 값진 선물이었다. 질문은 내 손에 답을 쥐어 주지 않았지만, 내가 어디로 걸어가야 할지를 분명히 알려주며 나를 움직이게 했다.

코칭에서의 경험도 이와 다르지 않았다. 경청만으로는 절대 닿지 않는 지점이 분명히 존재했다. 용기를 내어 처음 질문을 던졌을 때, 고객이 마주한 깊은 침묵과 무거운 한숨은 내게 커다란 압박이었다. '괜히 상처를 건드린 건 아닐까?', '내가 너무 성급하게 깊이 들어간 걸까?' 내 안의 불안이 끊임없이 속삭였다. 하지만 그 침묵을 억지로 채우지 않고 기다렸을 때 고객은 비로소 자신을 더듬어 찾아낸 가장 진실한 고백을 시작했다.

그 순간 고객의 눈빛이 바뀌었다. 허공을 헤매던 시선은 자신의 내면 깊은 곳을 향했다. 말의 속도는 느려지고 호흡은 훨씬 깊고 무거워졌다. 짧은 침묵 후 입을 뗐을 때, 그것은 미리 준비된 답이 아니라 자신의 진실을 한 글자씩 정성껏 길어 올리는 소리였다. 그 순간 나는 깨달았다. 질문 하나로 대화의 주도권과 중심이 나에게서 고객에게로 완전히 돌아갔다는 것을. 그리고 그가 자기 삶의 주인으로서 다시 서기 시작했다는 것을.

질문은 상대를 의도대로 움직이기 위한 도구가 아니다. 그것은 '이 사람 안에 이미 가장 선한 답이 있을 것이다.'라는 믿음에서 시작되는 삶의 태도다. 그 믿음 없이는 우리는 질문을 끝까지 던질 수도, 질문 후의 침묵을 견뎌낼 수도 없다. 내게 질문은 언제나 타인을 향한 지독한 짝사랑 같은 용기에서 시작되었다. 질문을 던지기 시작하면서 주변 관계의 온도도 조금씩 달라졌다.

대화는 예전보다 더디게 흘렀지만, 그 느림 속에서 서두르지 않아도 괜찮은 안전한 시간이 생겨났다. 예전처럼 빠르게 공감하거나 매끄럽게 대화를 마무리하지 않아도, 관계가 쉽게 무너지지 않았다. 오히려 즉각적인 반응을 보여주지 않는 그 여백이 관계 안에 '생각해도 괜찮은 시간'을 남겨주었다. 또 여백은 신뢰라는 이름으로 채워지기 시작했다. 질문은 상대에게 답을 요구하는 행위가 아니라 상대가 자신의 삶을 충분히 숙고할 수 있도록 자리를 내어주는 배려였다.

질문은 대화를 잘 이끄는 기술적 다짐이 아니라, 상대의 내면을 믿고 그 속도를 존중하겠다는 약속이다. 여전히 나는 질문 앞에서 망설이고 꼭 필요한 질문은 자리를 걸어 나올 때야 비로소 떠오르기도 한다. 하지만 이제는 질문하기를 피하지 않는다. 완벽한 질문이 아니어도 좋다. 대화의 결정적인 순간에 나의 조언을 잠시 미룬다. 대신 "이 이야기를 하면서 당신 안에서는 어떤 일이 일어나고 있나요?"라고 물을 때, 대화는 비로소 박제된 문장을 넘어 살아 움직이는 생명을 품게 될 것이다.

흐름 속에 관계의 진실이 숨 쉬고 있음을 나는 이제 믿고 있다.

너무 무거운 질문에
멈춰 서 있는
당신에게

김채은

내 삶에는 질문 두 가지가 있다. 하나는 본질을 꿰뚫는 통찰력 있는 질문이고, 나머지 하나는 실행력을 높이는 작고 사소한 질문이다. 오랫동안 생각에만 붙들려 행동하지 못하는 '나무늘보'였다. 하지만 지금은 부지런히 씨앗을 퍼트려 상수리 숲을 만드는 '다람쥐'의 인생을 살고 있다. 나를 바꾼 것은 거창한 결심이 아니라, 내 몸을 옥죄던 질문의 크기를 바꾼 덕분이었다.

내게는 삶의 멘토가 있다. 오랜만에 만난 그는 안부 대신 송곳 같은 질문을 내게 던졌다. "벤치마킹 다녀온 매장의 매출이 얼마쯤 되는 것 같아?" 그 매장의 인테리어, 동선, 분위기, 기억에 남는 서비스, 해당 디자이너의 기술 등이 떠올랐다. 멘토는 그 현상 뒤에 숨은 날카로운 실체를 물었다. "그래서, 그 매장의 매출 숫자가 얼마쯤 되는 것 같아?"

순간, 눈앞이 하얘졌다. 그 공간을 지탱하는 생존의 숫자를 읽어낼 눈은 내게 없었다. 어떻게 잠깐 방문한 매장의 매출이 보인단 말인가! 억울함은 이내 좌절로 바뀌었다. 당연한 것이 왜 보이지 않느냐는 듯한 그의 시선은, 준비되지 않은 내게 차라리 원망스러운 요구였다.

그런데도 그의 질문 끝에 매달린 진의는 부정할 수 없을 만큼 선명했다. 현상을 넘어 본질을 꿰뚫어 보려면, 눈에 보이는 실체 뒤의 맥락을 끊임없이 연구하고 공부해야 한다는 것이다. 결국, 내가 본 안개는 공부 부족이 만들어 낸 결과였다.

본질을 꿰뚫는 질문이 날카롭게 통과해 나갈 때, 명쾌함에 박수 보냈을 뿐, 그 질문을 삶의 현장으로 끌고 내려와 진흙탕 속에서 직접 굴려 볼 용기는 내지 못했다. 탁월한 질문은 철저히 질문자의 것이었다. 명쾌함에 무릎 치는 객체일 뿐, 그것을 삶의 변화로 끌어낼 주체가 되지 못했다.

질문의 답은 머리가 아니라 발끝에서 나온다는 사실을 간과한 대가는 혹독했다. 정작 삶의 항로를 바꿀 키는 움켜쥐지 못한 채 여전히 뿌연 안갯속을 헤매고 있었다. 본질을 알면서도 움직이지 못하는 자신을 질타하며 세운 의지는 하루를 넘기지 못했다. 사물과 현상의 이면을 보는 눈이 부재한 상태에서 던진 거대한 질문은 체화되지 못한 채 공중에

흩어졌다. 스스로 질문을 던져보았지만, 그것은 성찰의 도구가 아니라 앞길을 가로막는 거대한 벽이 되어 나를 멈춰 세울 뿐이었다.

그 예로 핵심 목표 한 개를 중심으로 나머지 81개의 칸에 실행할 작은 목표를 채워 나가는 '만다라트' 계획표. 메이저리그 오타니 쇼헤이의 성공 비결로 알려진 도구이다. 내게는 도리어 좌절감만 안겨 빈칸을 마주할 때마다 막막함은 답답함으로 이어졌다. 결국 완성하지 못했었다.

왜 더 나아가지 못했을까? 질문이 너무 크면 완벽주의라는 늪이 만들어졌다. 그 끝에서 대면한 진실은 '두려움'이었다. 뇌는 생존을 위해 그 자리에 얼어붙는 쪽을 택한다는 사실을 그때는 알지 못했다.

거대한 질문은 늘 막막한 무기력을 동반했다. 대단한 목표를 세울수록 질문에 답하기는커녕 다음 단계로 확장하는 것조차 버거웠다. 만다라트가 내게 풀기 어려운 숙제였던 것처럼.

반면 작은 질문은 어떤가? 거창한 감탄은 없지만, 작고 만만하다.

어느 휴일, 큰맘 먹고 '집 청소'라는 계획을 세웠다. 두세 시간이면 충분할 줄 알았던 청소는 여섯 시간을 훌쩍 넘겼고, 남은 하루를 망쳤다는 낭패감만 남았다. "어떻게 하면 오늘의 이 쾌적함을 계속 유지할 수 있을까? 덩어리 시간을 쓰지 않고 작게 할 방법은 없을까? 다시는 이렇게 반복하고 싶지 않아!" 이 절실한 물음 끝에 시간을 쪼개기 시작했다.

'출근 전 1분 정리', 아침 식사 직후 세제 없이 헹구는 '물 설거지', 그리고 '쓰고 바로 제자리'라는 원칙을 세웠다. 가장 골칫거리였던 옷방 의자 위 옷 무덤도 '1분 바로 걸기'로 바꿨다. 여섯 시간을 쏟아부어도 늘 제자리였던 집안일이. 단 1분의 사소한 행동들로 쾌적하게 유지되기 시작했다. 81칸의 만다라트를 완벽하게 채우려 하는 것이 나를 얼어붙게 했다면, 자투리 시간으로 실행할 수 있는 질문은 나를 살아가게 했다. 아주 사소한 성취들이 모여 무너졌던 자존감까지 회복시켜 주었다.

'목표에 도달하기 위해 지금 당장 할 수 있는 작은 행동은 무엇일까?' 내 휴대폰 첫 화면이다. 로버트 마우어는 저서『아주 작은 반복의 힘』에서 이렇게 말한다. '작은 질문을 던질 때 우리 뇌는 비로소 두려움을 느끼지 않고 상황을 놀이로 인식해 창의성을 발휘한다.'

거대한 질문이 동경하는 '이상'이었다면, 사소한 질문은 현실에 닿는 '발'이었다. 뇌가 두려워하지 않는 이 작고 사소한 질문들이 모여, 비로소 멈춰 있던 실행력을 깨우기 시작했다. 정답을 찾아 헤매는 거대한 계획표는 나를 가두는 막막한 두려움이었지만, 지금 내딛는 1분의 걸음은 내 삶을 바꾸는 실체이자 현실이 되었다.

혹 당신도 대단한 성공의 법칙을 찾느라 시도조차 못 하고 있지는 않은가? 작심삼일의 원인은 당신의 의지력이 아니라, 당신이 던진 질문의 무게가 너무 무거웠기 때문인지 모른다.

거창한 '이상' 대신 현실에 닿는 '발'을 움직여 보자. 당신을 얼어붙게 만든 큰 질문을 잠시 접어두고, 뇌가 눈치채지 못할 만큼 작은 질문 하나를 시작해 보는 건 어떨까?

질문으로
온기를
더해 주기

사람이란 사랑을 먹고 사는 생명체가 아닐까요?

저는 당신의 친구랍니다.

사랑을 드리고 싶어요.

나는 호기심이 많았고, 성격이 급해서, 질문을 차분히 하기보다는 쏟아내었다. "왜 그러지? 왜 그렇게 생각하지?"가 올라오면 궁금한 것을 견디지 못했다. 질문들을 쏟아내면 사람들은 당황해했고 어색해했다. 사실 나에게 질문이란 궁금하고 정리되지 않은 것들이 기회가 되어 부글거리며 올라온 것들이었다.

치과 세미나에서도 마구 질문을 했다. 질문의 수준이 어떤지 생각도 하지 않았다. "얼마나 진하게 섞어야 해요? 얼마나 강한 힘으로 넣어야 해요?" 질문은 황당하고 다급했다. 사실은 임상의 어려움에 직면한 절박함의 표현이었지만 단순한 질문으로 질문의 여왕이 되었다. 신기하게도 내가 질문을 시작하면, 세미나장은 '질문의 바다'가 되었다. 이미 질문은 고상할 필요가 없는 것이었다. 다행히 선생님은 "모든 질문은 값어치가 있다."라며 용기를 주며, "너의 질문으로 인해 사람들이 더 오래 기억할 것"이라 하였다. 사람들은 멋지고 깊이 있는 질문을 하고 싶어 하는 것 같다. 하지만 깊은 고민이 없는 깊이 있는 질문은 어려운 것 같다.

그래도, 교육받을 때는 질문이 쉬웠는데, 직원들 교육하면서 질문이 어렵다는 걸 느꼈다. 스스로 공부해서 얻으려 하지 않고, 쉽게 정답을 알아내려 하곤 했다. "이건 어떻게 해요?". "왜 사용해요?" 미리 공부도 하지 않고 질문하는 상황을 당해보니, 준비된 질문이 필요함을 느끼게 되었다. 나 또한 공부하지도 않고 고민도 하지 않고 질문만 쏟아내는 사람이었다.

되돌아보면 살면서 받은 질문 중에 큰 영향을 받은 질문이 있었다.

30여 년 전, 멘토가 "용 선생은 돈이 누구의 소유라고 생각해? 주인이 본래 있는 것일까?"라는 질문을 하였다. 질문이 불교의 화두처럼 내 머리를 멍하게 때렸다.

돈을 벌기 위해 피나는 노력을 했었다. 그래서 나에게 들어왔다. 하지만, 영원한 주인이 될 수는 없었다. 돈은 본래 나의 것이 아니었다. 벌었고 써야 하는 도구였다. 곰곰이 생각하면 본래 주인은 아니었다. 그리고, 나도 짧은 순간 주인만 되는 것이었다. 또 주인은 바뀔 것이었다. 그래도 빠져나가지 못하도록 막고 싶었다. 주인 행세를 하고 싶었다. 하지만, 돈의 흐름에 관여할 수 있을 뿐이었다. 나는 주인일까?

자본주의에서 돈은 막강한 존재다. 가난은 매우 불편했다. 힘들게 일하면서 버는 돈은 나의 것이 확실하다고 믿고 싶었다. 나는 주인이었다. 하지만, 다시 따져보니, 돈은 돈대로 흐름이 있었다. 자유롭게 흘러갈 에너지였다.

그래서 돈을 인격체처럼 대하기 시작했다. 아껴주고 좋은 곳에 있도록 도와주고 싶었다. 자신을 위한 사치보다는 기부와 후원으로 내보내서 돈의 품격을 높여주고 싶었다. 후원사업은 아프리카 학교 짓기 사업으로 확장되어 더 큰 돈의 주인이 될 수 있었다. 깊이 있는 질문은 돈에 대한 집착을 다시 보게 하였으며, 삶을 재정립하는 기회를 주었다.

코치가 되어 코칭을 공부하면서 질문의 중요성을 알게 되었다. 질문에 새로운 차원이 있다는 것에 대해 느끼게 된 것이다.

"무얼 좋아해?", "왜 좋아해?" 과거 내 질문은 그냥 단순히 궁금한 걸 묻는 것이었다.

"지금 꿈꾸고 있는 것이 이루어진다면 어떤 느낌일까요?", "미래의 내가 현재의 나에게 이야기한다면 어떤 말을 할까요?", "그 느낌을 색으로 표현한다면 어떻게 표현할 수 있을까요?" 코치의 질문은 내면의 가능성과 긍정성이 다시 떠오르게 했다. 이렇게 멋진 질문을 할 수 있다는 게 신기했다.

코칭 질문을 진행하면서 아버지를 더 이해할 수 있게 되었다. 나는 오랫동안 아버지를 싫어했다. 하지만, 아버지의 가치관은 남에게 피해 주지 않으면서 손가락질도 받지 않고 살고 싶은 거였다. 아버지는 늘 타인에게는 관대하였고, 가족들은 가난으로 힘들었다. 그동안 아버지에게 무얼 추구하는 삶을 살아온 것인지 한 번도 물어보지 않았다. 알아서 추측했다. 그리고 알아서 단정했다. 그냥 가난하도록 둔 아버지의 무능함이 싫었다. 하지만, 가치관이 뚜렷하였고, 일관성 있는 삶을 살아온 거였다. 그동안 이해하지 못했던 일관성이 있는 삶이었다. 내게도 가난은 불편했지만, 나쁜 것만은 아니었다. 가난은 나에게 가난한 사람들을 이해할 수 있게 했고, 또 돕도록 했다. 감사하기도 하다. 인생에서 좋은 것만 혹은 나쁜 것만 있을 수 있을까?

질문을 잘하면 상대방을 잘 알 수 있고, 잘 도울 수도 있다는 것을 알게 되었다. 그래서 좋은 코치가 되기 위해서는 좋은 질문을 할 수 있도록 준비가 필요하다.

질문을 통해 자연스럽게 자발성을 이끄는 것은 정말 멋진 순간이다. 짧은 질문 한 마디가 주는 힘은 놀랍다. 서로 신뢰를 형성하면서 하나씩 차근차근 깊이 있게 들어갈 수 있는 형식이 있다는 것도 신기할 따름이다.

나는 개인적으로 특히 '존재 질문'을 좋아한다. "당신은 어떤 사람인가요?", "당신이 추구하는 가치는 무엇인가요?", "당신이 원하는 걸 이루면 어떤 상태가 될까요?" 이런 질문으로 잊고 지냈던 내면의 갈망을 기억해 내는 게 신기하고, 어떻게 살고 싶었는지 되새기게 된다. 바쁜 일상 때문에 잊은 갈망이 떠오른다.

이렇게 질문은 힘이 있고, 핵심을 이끄는 것이었다. 하지만, 나는 잘 몰랐다. 질문은 궁금한 것을 마구 쏟아내는 것으로 알았다. 질문을 바로 이해하게 되니 사람들을 잘 도울 수 있는 도구를 얻게 되었다. 우선 나 자신부터 도울 수 있어 기쁘다.

우리 삶에서 질문은 관심의 표현이다. 관심이 없다면 궁금하지도 않다. 관심을 가지고 보아야 사랑스러움을 알 수 있다. 질문으로 심각한 상황을 도울 수도 있다. 참 값진 일이다.

차원 높은 질문이 아니더라도 따스한 질문 하나로 피곤한 일상에 온기를 줄 수도 있다. 사람이란 사랑을 먹고 사는 생명체가 아닐까?

"선생님 이를 뽑아야겠죠? 어쩌죠? 너무 무서워요.", "치아 하나를 뽑게 된다면 큰일이 있을까요?", "다행히 그렇지는 않아요. 우리 함께 다음에 할 수 있는 것들이 있어요.", "용기를 내봅시다! 남은 치아들부터 잘 지켜 100살까지 건강하게 지내요." 저는 당신의 도우미이고 친구입니다.

작은 질문이
만드는
큰 변화

삶을 바꾸는 것은 거창한 결심이 아니라, 어떤 질문을 던지느냐에 달려 있다고 생각한다. 코칭을 배우기 전 더 큰 목표와 더 강한 의지를 지녀야 변할 수 있다고 믿었다. 코칭을 배우고 질문의 위력을 알게 된 지금 삶의 방향을 바꾼 것은 결심이 아니라 아주 작고 사소한 질문이었다.

2024년 3월, 코칭을 배우면서 처음으로 나에게 질문하기 시작했다. 변화를 원하면서도 실행이 쉽지 않았다. 어렵게 시작하다가도 좌절로 이어졌다. 의지 부족 때문만은 아니었다. 너무 큰 목표와 무거운 질문부터 던졌기 때문이라는 생각에 이르렀다. 늘 더 잘해야 한다는 높은 기준으로 몰아붙였다. 실행하기에 지나치게 힘에 부쳤다. 한두 번 시도하다가 잘되지 않으면 쉽게 포기했다. 그리고 '작심삼일'이라는 말로 자신을 위로했다. 그렇게 하면 잠시 마음은 편했다. 실패의 원인을 들여다보거나 원인을 찾는 질문을 하지는 않았다. 그럼에도 불구하고 하고 싶은 것이 많았다. 시도도 잦았다. 그만큼 포기도 많이 했다. 그렇게 작심삼일은 일상이 되어 있었다.

50 중반에 이르렀을 즈음, 낮은 자존감과 자신을 몰아붙이는 습관 속에서 문득 이렇게 살다 죽고 싶지 않다는 절실함이었다. 그 무렵 코칭의 기술 중 질문이 나를 사로잡았다. 코칭을 알아갈수록 '답'보다 '질문'이 사람을 움직이게 한다는 사실을 체감했다. 질문을 타인에게 던지는 연습과 함께, 나 자신에게도 질문했다.

어느 날 '코낭코낭'이라고 코칭을 배우는 사람들이 코칭에 관련된 책을 낭독하는 온라인 독서 모임에서 용준희 코치가 "한 주를 어떻게 지냈어요?" 하고 물었다. 요즘 많이 힘들다 했더니. 용준희 코치는 이유를 묻지 않고 "잠은 잘 자요?"라고 했다. 순간 당황했다. 힘든 이유 대신 '잠'을 묻는 말이 뜻밖이었기 때문이다. "잘 자요."라고 답했지만, 그 질문은 계속 마음에 남았다. 정말 잘 자는 걸까? 잘 잔다는 것은 어떤 상태를 말하는 걸까? 언제 자는지? 잠자리에 들기 전 무엇을 하는지? 침대에 핸드폰을 가져가는지? 질문을 따라가다 보니, 피곤해서 잠드는 것이 아니라 식사 후 혈당 변화로 잠들었다. 2~3시간 뒤 깨어 무의식적으로 핸드폰을 보고 있었다. 그 결과 아침에 일어나기가 힘들었다. 낮에는 꾸벅꾸벅 졸고 하루 종일 피곤했다.

"잠은 잘 자요?" 이 단순한 질문 하나로 잠에 대한 습관을 처음으로 들여다보게 됐다. 지금은 침대에 핸드폰을 가져가지 않는다. 덕분에 새벽을 되찾았다. 삶이 달라진 이유는 결심이 아니라 질문 하나였다. 변화는 의지를 다그칠 때가 아니라, 나를 이해하려는 질문에서 시작된다는 사실을 그때 처음 깨달았다.

그 후 목표를 다시 보기 시작했다. 더 크게 더 멀리 가야 한다는 생각 대신 지금 실제로 움직일 수 있는 작은 질문을 시작했다. 삶을 바꾸는 질문은 거창할 필요가 없었다. 오히려 작고 가벼운 질문이 덜 지치게 하고 더 오래 간다는 것을 배웠다. 질문을 통해 습관이 크게 달라진 것 중 하나는 청소다. 청소는 늘 미루던 일이다. 하지 않으면 티가 나지만, 해도 표시가 잘 나지 않는 일. 매일 해야 한다는 점에서 늘 부담스러웠다. 정리 정돈된 깨끗한 것을 좋아하는 나는 청소 습관 때문에 여러 명의 코치에게 여러 차례 코칭을 받았다. 하루에 방 하나, 퇴근 후 1분, 아침에 조금씩, 자기 전에 잠깐. 방법은 많았지만, 실행으로 이어지지는 않았다.

그러다 우정희 코치가 물었다.

"아주 작고, 아주 쉽게, 눈 깜짝할 사이에 할 수 있는 건 뭐가 있을까요?" 눈 깜짝할 사이에 할 수 있는 건 코칭이 끝나고 바로 움직이는 것이었다. 일어나자마자 바로 미루고 미루던 설거지를 했다. 미루는 이유는 열 가지, 백 가지였지만, 막상 움직이니 '해야 한다.'라는 한 가지 이유로 충분했다. 출근할 땐 거실에 널려 있던 물건 하나를 제자리에 두고, 빨래걸이에 걸려 있던 빨래를 정리했다. 한 번에 다 하지는 못했지만, 눈에 보이는 것부터 정돈했다. 해냈다는 대견함과 할 수 있다는 자신감이 생겼다. 생각보다 기뻤다. 보너스로 1백만 원을 처음 받을 때는 하늘을 나는 듯이 기뻤다가 두 번 세 번 반복되면 당연한 것으로 느끼는 것과는 다른 치울 때마다 정돈되는 공간을 보는 즐거움과 해냈다는 성취감이 함께 했다. 다음 코칭 시간에 그 이야기를 전하자, 우정희 코치는 이렇게 말했다. "그것으로 충분합니다." 그 말은 큰 위로였다.

작은 질문이 얼마나 크게 변하게 하는지 그때 알게 되었다.

요즘은 내가 하고 싶은 말을 상대가 하도록 하는 질문 연습을 하고 있다. 질문할 순간임을 알아차리는 것, 말하고 싶은 유혹을 참는 것, 어떤 질문을 해야 할지 고민하기 등 모든 게 내가 선택하는 재미가 있다. 스스로에게 하는 질문은 나를 몰아붙이지 않는다. 지금의 상태를 바라보게 한다. 그리고 그 알아차림이 쌓여 삶이 조금씩 방향을 바꾸고 있다. 10년 뒤 질문을 잘하는 나를 떠올리며 오늘도 묻는다. 지금 나는 어떤 질문을 하고 싶은가?

스스로 질문하는 삶은 분명 내일을 조금 더 나아지게 할 것이라 믿는다.

소통은 내게 어떤 의미인가?

소통을 통한 어떤 삶을 살고 싶은가?

질문은 내게 어떤 의미인가?

질문을 통해 어떤 삶을 살고 싶은가?

지금 이 질문으로 나는 어떤 작은 실천을 할 수 있을까?

사소한 것 중 매일, 매달, 매년 규칙적으로 실행하고 싶었지만, 아직 실행하지 못한 것 중 당장 실행하면 삶에 유익한 것 한 가지는?

좋은 질문은
삶을
깨우는 일

작년 1년 동안 철학 수업을 들었다. 매주 1회 2시간씩, 5개월 간 이어진 수업이었다. 질문을 통해 생각하는 시간을 많이 가졌고, 나 자신에 관해서도 깊이 들여다보게 되었다.

'나는 어느 때 가장 좋았는가?', '나는 무엇을 할 때 가장 몰입을 잘했는가?', '나는 미래에 어떤 삶을 추구하고 있는가?', '나는 죽은 후에 어떤 사람으로 기억되고 싶은가?', '부모로서, 자녀로서, 아내로서, 친구로서 나는 어떤 사람이었는가?'

이런저런 질문에 명확하게 답하지 못하는 나를 보았다. 어떤 가치관으로 살아왔는지 다시 정리해야 했다. 내가 어떤 사람인지를 알아 가는 것이 이토록 어려운 일인지 몰랐다.

계속 나에게 질문을 하다 보니 조금씩 명확해지는 것이 생겼다. 그동안의 도전들이 왜 실패했는지 이유가 보였다.

철학 수업을 처음 권유받았을 때, 수강료가 비싸겠거니 생각했다. 그동안 많은 자기 계발 공부에 시간과 비용을 들였다. 4회 수업에 백만 원이 넘는 수업도 몇 번 받은 경험이 있어 매주 2시간씩 5개월이면 상당한 금액이 합당하다고 생각했다. 그런데 수강료가 무료였다.

강의하시는 분은 책을 다섯 권 이상 쓴 인기도서 작가였고, 출판 기획 전문가이자 마케터로 20년간 일해온 분이다. 그의 손을 거치지 않은 베스트셀러를 카운트하기란 쉽지 않다고 하는데, 누구보다 바쁜 전문가인 분이 왜 이렇게 낮은 자세로 나올까. 의구심마저 들었다. 그분의 조건은 단 하나였다. "결석하지 말아라." 돈보다 시간과 성실함을 요구했다.

처음 약속과 달리 바쁜 일정들로 결석을 많이 했고, 숙제도 제대로 하지 못했다. 지금 생각하면 참으로 죄송하다. 그분은 자신이 쉬어야 할 일요일을 할애하였다.

그 대표님의 영향으로 철학 수업 수료 후에도 꾸준히 활동하고 있다. 필사 모임에 참여해 매일 아침 필사를 해서 단톡방에 올리며 하루를 연다.

철학 공부를 꾸준히 하던 어느 날, 마음을 움직이는 질문과 마주하게 되었다.

"당신은 당신 자신에게 감동하는 일을 하고 있습니까?"

그 질문을 듣는 순간, 가슴이 쿵쾅거렸다. '맞다. 저것이다. 내가 어떻게 살아야 하는지가 저 질문 안에 다 들어 있다.' 불현듯 그런 생각이 들었다. 그제야 깨달았다. 그 대표님의 철학을.

철학을 공부하겠다는 사람들에게 매주 2시간씩 시간을 내어 자신의 지식을 기부하는 이유를. 그것을 가능하게 한 것이 바로 '자신에게 감동하는 삶'이었던 것이다. 그분은 그것을 나보다 먼저 깨닫고 실천하고 있었다.

나는 그렇게 살지 못했다. 항상 무언가를 주면 그에 상응하는 대가를 기대했고, 내 시간의 가치를 돈으로 환산하며 살았다. 많은 것이 물질과 연결된 세상에서 조건 없이 자기 것을 내어주는 사람을 만난다는 것은 결코 쉬운 일이 아니었다.

"당신은 당신 자신에게 감동하는 일을 하고 있습니까?" 이 질문이 마음에 와닿으며 달라지기 시작했다.

내가 어떻게 살아가야 하며, 어떤 일을 하면서, 누구와 함께할 것인가에 대한 방향이 다시 잡혔다.

'나는 지금까지 누구에게 감동을 주었는가?'

'나는 무엇을 위해 이렇게 바쁘게 살았는가?'
'나는 정말 내가 원하는 삶을 살고 있는가?'

질문에 답을 하려고 하면 또 다른 질문이 생겼다. 그 질문들은 나를 점점 더 깊은 곳으로 데려갔다. 처음엔 불편했다. 답하며 사는 것에 익숙했던 나에게 질문을 던지니 답이 명료하지 않았다.

하지만 질문과 함께하는 시간이 길어지면서 나는 조금씩 나를 알아가게 됐다. 내가 실패한 원인, 성공했던 이유, 진짜 원하는 것, 두려워하는 것. 그 모든 게 질문을 통해 조금씩 선명해졌다.

"나는 왜 학원을 운영했을까?" 단순한 질문이었지만, 답은 단순하지 않았다. 돈을 벌기 위해서? 반만 맞았다. 아이들을 가르치는 게 좋아서? 그것도 반만 맞았다. 곰곰이 생각해 보니, 나는 누군가에게 필요한 사람이 되고 싶었던 것 같았다. 학부모들이 나를 신뢰하고, 아이들이 나를 찾을 때, 나는 비로소 가치 있는 사람으로 느껴졌다.

감동 있는 삶이란 가치 있는 존재가 되는 것과 같은 것이었다. 돌이켜보니, 실패했을 때는 내가 감동하는 일이 아니었고 돈을 쫓는 일이었다. 반면에 인생의 성공기에는 가치 있는 일에 열정을 바쳤다는 것을 깨달았다.

"당신은 당신 자신에게 감동하는 일을 하고 있습니까?" 그 질문을 품고 사는 것만으로도 삶이 조금씩 달라지고 있다. 다른 사람의 기준과 시선이 아닌, 내 안의 울림이 소중해졌다.

울림이 있는 질문이 내 삶의 방향을 바꿔놓았다.

질문은 우리를 깨운다. 조용히, 그러나 확실하게. 우리를 우리 자신에게로 데려간다.

흔들림은
살아있기 때문이다

왜 나는 슬로패션을 하고 있는가?

슬로패션을 통해 어떤 변화를 꿈꾸는가?

슬로패션의 실천은 가능할 것인가?

이 질문들을 품고 묵묵히 걸어온 시간이 어느덧 10여 년을 훌쩍 넘었다. 이 질문들이 여전히 끝나지 않았지만, 이제 그 답을 찾기보다, 슬로패션과 함께 삶을 다시 바라보는 사람이 되고 있다.

슬로패션은 옷과 패션이라는 양면의 얼굴을 가졌다. 옷으로 삶을 짓는 일, 패션으로 삶을 돌보는 일. 나아가 개개인의 라이프스타일의 변화를 실현하고 존재감을 뽐뽐거리게 하는 일까지. 그리고 기후 위기에 대한 책임 있는 선택이 되도록, 일상의 작은 행동으로 지구를 돌보는 지구시민의 생활 방식과 태도를 만들어 주는 일까지. 그럼에도 불구하고 왜 흔들림의 연속이었던 것일까? 가치 있는 일을 한다는 명분이 때로는 자신의 결핍을 인내하는 고단한 굴레를 굴리는 과정이지 않았을까. 숭고한 소명 의식에 마음을 쏟느라 정작 자신을 돌보아야 할 최소한의 현실적 보상에는 지나치게 인색했던 탓이지 않았을까. 그래서 그토록 흔들렸던 모양이다. 한때는 그 흔들림이 나약하고 뿌리가 깊지 못한 신념 탓이라 자책하기도 했다. 하지만 "아인슈타인도 죽을 때까지 흔들리며 살았다."라는 스승님의 조언을 듣고 '성장은 언제나 흔들림을 타고 다가온다.'라는 사실을 나중에야 깨달았다. 나무가 바람에 흔들리는 이유는 뿌리가 없어서가 아니라, 나무가 살아있어서라는 것을. 옹이가 박히기 위해 나무는 수없이 흔들려야 한다는 것을. 흔들림은 방황이 아니라, 더 높이 피어나려는 치열한 몸짓이었음을.

고령화 대열에 훌쩍 들어선 나이다. 다시금 본질적인 물음이 시작된다. 이제 무엇을 할 것인가? 지나온 시간은 과연 잘 살아온 것인가?

혹자는 지금, 성과를 내는 무엇인가를 해야 한다고 말한다. 그 말이 틀린 것은 아니다. 사회는 늘 결과를 요구하고, 시간은 우리를 재촉한다. 그러나 지금, 이 말은 조금 다른 무게로 다가온다. '성과'가 곧 '나이 듦의 삶'이기 때문이다. 젊은 날의 성과는 속도와 확장이었다. 더 배우고, 더 증명하고, 더 많은 것을 이루어야 한다고 믿었다. 그러나 나이 듦은 다른 질문을 건넨다. 얼마나 가졌는가가 아니라, 무엇을 남겼는가. 얼마나 빨랐는가가 아니라, 얼마나 깊었는가를 물어야 한다.

지난 10년은 슬로패션의 가치와 삶을 조화롭게 하기 위한 치열한 조율의 기간이었다. 악기가 정확한 음을 내기 위해 끊임없이 줄을 조여주고 풀 듯. 옷 한 벌을 몸에 꼭 맞추기 위해 수없이 가위질하고 시침질하듯. 삶과 가치 사이를 오가며 나를 다듬어왔다. 가치라는 올은 너무 굵고 거칠어 삶이라는 피부에 스칠 때마다 쓰라렸다. 하지만 수많은 바느질 자국과 뜯어낸 실밥이야말로 가장 편안하면서도 당당하게 입을 수 있는 '삶'이라는 옷을 지어가는 유일한 과정이었음을 깨닫는다. 때로는 현실이라는 팽팽한 긴장과 느슨한 성찰 사이를 오가며 비로소 나만이 지을 수 있는 옷의 결을 발견했다. 삶의 결 또한 그렇게 천천히 지어가는 것임을 알게 되었다. 삶은 그렇게, 긴장과 이완을 오가며 자기만의 형태를 갖추어 가는 과정인 듯하다. 마치 한 땀 한 땀 바느질하듯, 삶 또한 그렇게 ….

앞으로의 시간은 그 흔들림조차 보듬어 안는 평온한 멈춤이 되기를 소망해 본다. 잘 살아온 것인지에 대한 답은 이미 내 안에 있다. 끊임없이 묻고, 흔들리고, 그럼에도 불구하고 이 자리를 지켜온 진심이 곧 삶이었기 때문이다. 이제 서두르지 않는다. 그동안 앞만 보고 달려오느라 놓쳤던 내면의 소리에 귀를 기울이고, 멈춰 선 자리에서 생명의 본질을 찾고자 한다.

그래서 다시 묻는다.
어떤 성과를 내야 하는가.
숫자로 환산되는 결과인가.
타인의 박수인가.
아니면 부끄럽지 않은 하루인가.

이 질문은 불필요한 욕망을 덜어내고, 꼭 지켜야 할 가치를 선명히 하는 질문이다.

성과는 누군가의 성장을 돕는 일이다. 조용히 관계를 지키는 일이다. 느리지만 지속 가능한 삶을 증명하는 일일지도 모른다. 지금, 성과를 내야 한다는 말 앞에서 속도를 높이기보다 방향을 바로 세운다.

나이 듦의 성과는 더 멀리 가는 것이 아니라, 더 바르게 서는 것인지도 모른다.

나이 듦이란 자신과 화해하며 타인을 품는 그릇을 만들어 가는 과정이다. 화려한 성취 대신 내면의 평화를 선택함으로써, 따스함을 나누는 삶이 되리라. 이제 대단한 무언가가 되려고 애쓰지 않는다. 대신, 매일 아침 마주하는 일상의 소소함에 감사하며, 머문 자리가 조금 더 따뜻해지기를 바랄 뿐이다. 순리대로 흐르는 강물처럼, 세월의 흐름에 몸을 맡기며 내면을 정교하게 다듬어 간다.

누군가가 "당신은 무엇을 남겼나요?" 하고 묻는다면, 흔들리는 순간마다 살아있음을 느꼈다고. 타인의 박수 소리를 바라지 않고 신념이라는 올을 잡고 끊임없이 매만졌노라 답하고 싶다. 따뜻한 삶에 안감이 되어줄 한 땀을 남기기 위해 분투했던 시간이었기 때문이다.

질문은 답을 재촉하는 도구가 아니라, 삶의 방향을 바로 세우는 나침반이다. 속도를 높이기보다 멈추어 묻는 용기가 우리를 성숙하게 만든다. 좋은 질문 하나가 인생의 방향을 바꾸고, 존재를 다시 세운다.

지금,

무엇을 향해 가고 있는지,

왜 그 길을 선택했는지.

그 질문에 답하는 순간, 당신의 삶은 다시 시작된다.

그 시작이

당신을 당신답게 만든다.

답을 주지
않았을 뿐인데

우리는 도움을 주고 싶은 마음이 앞설 때가 많다. 도움을 주고 싶은 마음에 답부터 건네고 싶어 한다. 답이 먼저 나오면 상대방은 더 이상 생각하지 않을 수도 있다. 그래서 질문의 방향부터 다시 바라보아야 한다. 코칭에서 질문은 단순한 대화의 기술이 아니다. 생각을 비추는 거울이다.

최근 어렵게 마주한 주제가 있다. 바로 '집 안 대청소'다. 당시 많은 일을 동시에 감당하고 있었고 청소까지 시도할 자신이 없었다. 이미 방전된 상태였다.

'어차피 또 어질러질 텐데 뭘 또 하려고 해.'

이미 해봐야 소용없다고 믿고 있었다. 이런 생각을 반복하면서 시작할 엄두조차 내지 못하다가 더는 미룰 수 없어 멘토 코칭을 신청했다. 멘토 코칭은 상위 코치의 코칭을 받으며 역량의 확장을 경험하는 과정 이다. 내 생활 방식이 어땠는지부터 돌아보기로 마음먹었다.

나는 계획만 세우고 끝까지 실행하지 못하는 사람이었다. 실행하더 라도 늘 버거웠고, 일정은 항상 꽉 찬 상태였다. 겨우 시간이 나면 몸은 먼저 쉬자고 신호를 보냈다. 그럴 때마다 스스로 몰아붙이며 이렇게 생 각했다.

'아무리 피곤해도 청소는 해야 하지 않겠니? 그런데 너는 왜 또 못하 는 거니?'

이러한 압박이 지속되면서 내 몸과 마음은 차라리 대청소를 피하는 쪽이 안전하다고 믿고 있었다. 코칭을 받으면서 행동 방식을 인식하자 신기하게도 에너지가 생기기 시작했다. 목표 관리와 실행 계획 기록지 를 작성하면서 나를 점검했다. 그러다가 문득 이런 생각이 들었다.

'이건 게으르거나 의지가 부족해서가 아니구나. 지금의 나에게는 그 과제를 감당할 여력이 없다는 신호였구나.'

코치는 나의 성찰을 듣고 실행 계획으로 이어지도록 질문했다.

"학습된 무기력에서 벗어나려면 어떤 걸 먼저 시도할 수 있을까요?"

"집안 전체를 한꺼번에 몰아서 청소하지 않고, 하루 15~30분 동안 정리하는 습관을 들일래요."

"그다음엔 무엇을 더 해볼 수 있을까요?"

"방 전체가 아니라 오늘은 현관만 깨끗하게 치워볼게요."

그제야 알았다. 내게 필요한 것은 한 번에 끝내는 청소가 아니었다. 작은 실천이라도 할 수 있다는 경험이었다.

이후 무작정 일정을 세우기보다 내가 감당할 수 있을 만큼만 선택했다. 마감일도 스스로 정했다. 변화는 단번에 이루어지지 않았다. 같은 주제로 여러 번 코칭을 받았는데도 일상은 여전히 바빴다. 어떤 날은 습관적인 자기 비난으로 무기력과 싸워야 했다. 하지만 코치는 한 번도 질책하거나 조언하지 않았다. 대신 그럴 수밖에 없었던 현실을 이해해 주었다. 코치의 지지와 믿음이 나를 앞으로 더 나아가게 했다. 지금 시도해 볼 수 있는 작은 도전이 무엇인지 보이기 시작했다. 그제야 알았다. 변화는 속도가 아니라는 것을. 작은 성공 경험이 방향을 다시 잡아 주었다.

2025년 12월 학교에서 '자신감 향상' 주제로 강의하던 날 깨달음은 더 선명해졌다. 자신의 감정과 경험을 적어 보는 활동 중, 한 학생이 물었다.

"선생님, 이 질문엔 뭐라고 써야 할지 모르겠어요."

그 자리에서 답을 주지 않았다. 대신 그 학생 옆에 다가가 물었다.

"어디에서 막혔을까요?"

답을 채우라고 재촉하는 대신 천천히 물었다.

"이 질문이 어렵게 느껴지는 이유가 무엇인가요?"

"이걸 쓰지 못하게 만드는 건 어떤 생각 때문일까요?"

그 학생이 자기 이야기를 꺼낼 수 있도록 기다리고 싶었다. 교실을 한 바퀴 돌아 다시 그 학생의 자리로 돌아왔을 때, 그는 막혀 있었던 질문에 대한 답을 스스로 써가고 있었다. 그 장면을 바라보다가 깨달았다.

'아! 이게 코칭이구나. 질문은 스스로 변화하게 만드네!'

문제를 해결할 때 답은 빠르다. 대신 생각을 멈추게 한다. 반면 질문은 느린 대신 생각하게 한다. 그 이후로 누군가에게 질문을 건네기 전에 한 박자 뒤로 물러나 기다린다. 스스로 생각할 힘을 믿는 태도이다.

우리는 답을 너무 쉽게 주고 있지는 않은가. 상대가 생각해 볼 때까지 충분히 기다린 적이 있었나. 코칭에서 질문은 타인의 가능성과 자원을 믿고 끌어주는 태도이다. 사람은 존중받고 있다고 느껴질 때 자기 생각을 조금씩 꺼낼 수 있다. 그래서 나는 사람 앞에 설 때마다 상대방이 스스로 답을 찾을 수 있도록 침묵을 선택하기도 한다. 오늘 당신은 상대방이 거울을 스스로 비춰볼 수 있도록 돕고 있는가?

질문을
삼키던 사람이
묻기 시작했다

질문을 꺼내기보다 속으로 삼킨 적이 더 많았다. 모른다는 사실을 들킬까 봐, 준비되지 않은 사람으로 보일까 봐 겁이 났다. 낯선 분야 앞에 서면 더 말문을 닫았다. 괜히 물었다가 "그것도 모르냐?"라는 핀잔을 들을까 봐 고개만 끄덕였다. 순간은 모면했지만 그 침묵은 생각보다 오래 남았다.

돌이켜 보면, 그때의 나는 질문하려면 먼저 충분히 알고 있어야 한다고 여겼다. 무엇을 모르는지조차 모를 때는 질문할 수 없다고 생각했다. 그 믿음은 나를 준비된 사람으로 만들기도 했지만, 동시에 침묵하게 했다.

사소한 질문 하나가 전문성을 시험하는 것처럼 느껴졌다. "그 일을 하면서 그것도 몰라?"라는 시선이 두려웠다. 그래서 해보지 않은 일 앞에서는 더더욱 말을 아꼈다. 어느 정도 알고 있다는 확신이 생길 때까지 질문하지 않으려 애썼다.

맥락을 정확히 짚어 질문하는 사람이 늘 부러웠다. 담담하게 핵심을 찌르는 그들처럼 질문하고 싶었다. 그러나 실제로는 모르는 사람처럼 보이지 않으려 질문을 감추기에 급급했다. 질문이 사라지자 대화도 멈췄다.

입사 4년 차에 업무가 바뀌었을 때, 질문 앞에서 가장 작아졌다.

처음 맡은 일이어서 확신이 없었다. 나름대로 실행 계획을 정리해 선배에게 가져갔다. 돌아온 말은 짧고 차가웠다.

"생각은 하고 일하는 거야?"

질문처럼 들렸지만, 사실은 날카로운 평가에 가까웠다. '처음이라 그럴 수도 있지요.'라는 말이 목구멍까지 올라왔지만 꺼내지 못했다. 그 뒤로 대화는 이어지지 않았다.

이런 일이 반복되자 선배 앞에 서는 것만으로도 몸이 굳었다. 점점 말을 아꼈다. 배워야 할 시기였지만 생각을 꺼내기보다 이미 있는 자료를 조금 고치거나 숫자와 형식을 맞추는 데 시간을 보냈다.

어느 순간 아무 생각 없이 기계처럼 움직이고 있다는 걸 깨달았다.

원하던 모습이 아니어서 낯설고 불편했다. 그 선배는 내 성장을 바랐을 수도 있다. 다만 질문에 담긴 마음과 표현 방식의 차이가 우리를 더 멀어지게 했다.

질문이 생각의 폭을 넓혀 준 경험도 있었다. 함께 일했던 한 상사는 설명을 들은 뒤 물었다.

"이 부분은 왜 이렇게 접근했어?"

"이게 해결되면 다음에는 어떤 게 중요해질까?"

답을 재촉하지 않았다. 어디까지 생각했고 무엇을 놓쳤는지 스스로 돌아보게 했다. 답하는 동안 엉켜 있던 생각이 풀렸다. 조금씩 방향이 보이기 시작했다. 질문 하나가 생각의 흐름을 바꿀 수 있다는 걸 그때 처음 실감했다.

팀장이 된 뒤, 질문이 대화를 움직이는 순간을 자주 마주한다. 코칭을 배우며 '질문을 많이 하는 사람이 좋은 리더'라는 말을 들었다. 하지만 질문을 던진다고 대화가 깊어지는 것은 아니었다. 코칭을 배우던 시절 상위 코치로부터 이런 피드백을 받았다.

"정보를 확인하려는 질문이 너무 많아요."

"굳이 몰라도 되는 것까지 묻고 있어요."

"이 질문이 고객에게 필요한 건가요, 아니면 코치의 궁금증인가요?"

확인하려는 질문이 많아질수록 대화는 오히려 느려졌다. 모든 맥락을 알고 싶다는 과한 의욕이, 상대가 생각할 틈을 빼앗았다.

요즘, 업무를 설명한 뒤 한두 가지 질문을 덧붙인다. 다만 질문을 던지기 전에 잠깐 멈춘다. 이 질문이 대화를 이어가게 하는지 먼저 되짚어 본다. 그다음에 묻는다.

"무슨 일을 해야 하는지 이해하셨나요?"

"어떤 부분을 더 보완하면 좋을까요?"

상대의 생각을 끌어내고, 같은 방향을 보고 있는지 확인하기 위해서다. 회의가 끝난 뒤에도 마찬가지다. 머릿속이 정리되지 않으면 그냥 넘기지 않는다. "잠깐 시간 괜찮으세요?", "같이 방향을 확인해 보고 싶어요."라고 말을 건넨다.

되돌아보니 대화가 어긋날 때마다 질문의 역할을 잊고 있었다. 질문을 단순한 기술로 보지 않게 되자, 질문을 대하는 방식이 달라졌다.

"이 일, 생각보다 잘 안 풀리는 것 같아요." 누군가 이런 말을 꺼냈을 때, 어떤 질문을 할지 잠시 멈춰 생각한다.

"지금 가장 막히는 부분이 어디예요?"라고 묻는다. 그러면 상황이 분명해진다.

"이 일이 잘 풀리려면 어떤 조건이 더 필요할까요?"라고 묻는다. 그러면 생각의 범위가 넓어진다.

"이 상황에서 어떤 선택을 해보고 싶어요?"라고 묻는다. 그러면 스스로 판단하고 움직일 힘이 상대에게 돌아간다.

같은 말 한마디 앞에서도, 질문 하나가 대화의 방향을 바꾼다.

그것을 알게 되는 순간 두려움은 줄어들고 방향이 보이기 시작한다.

그렇게 질문은 대화를 멈추게 하는 말이 아니라, 앞으로 나아가게 하는 힘이 된다.

4장

누군가를 바꾸는 힘보다 믿어주는 힘이 더 오래 간다

잘되라는 말이 듣는 사람에게
상처가 될 수 있다는 것도 알게 되었다.

- 용준희

내가 경험한 고통과 실패들이 결국 타인의 아픔을
볼 수 있는 눈과 공감하는 마음이 되었다.

- 이은재

사람은 누구나 자신의 삶을 살아갈 힘을 가지고 있다.
다만 잠시 잊고 있을 뿐이다.

- 강소영

- 오늘 나는 누군가에게 어떤 사람이었나요?

- 내 곁의 누군가가 답을 찾지 못하고 헤맬 때,
나는 얼마나 기다릴 수 있나요?

답이 아니라,
함께 걷는 일

그날 코칭은 어딘가 어색하게 끝났다. 겉으로는 대화가 이어졌지만, 서로 다른 온도의 공기가 감돌았다. 보이지 않는 균열이 생기고 있었다. 실행 계획을 세우는 순간, 나는 무의식적으로 더 빨리 돕고 싶은 욕심이 앞섰다. 그리고 물었다. "그것으로 가능할까요?" 이미 답을 정해 둔 질문이었다. 그 한마디로 관계의 균형은 무너졌다. 묘한 정적이 흐른 뒤 대화는 이어졌지만 "아니 그게 아니라….."라는 말이 자꾸 되돌아왔다. 돌아보니 분명했다. 도움을 주고 싶다는 마음이 상대보다 앞서 있었다.

깨달음은 생각보다 아프게 다가왔다. 좋은 의도라 믿었지만, 결국 나를 위한 것이었다. 그 아픔 앞에서 비로소 알게 되었다. 코칭은 사람을 바꾸는 일이 아니라, 스스로 다시 나아가게 하는 일이라는 것을.

그제야 덜 애쓰기 시작했다. 그러자 상대가 말을 열었다. 스스로 길을 찾기 시작했다. 사람은 원래 움직일 수 있는 존재였다. 다만 누군가의 믿음을 기다리고 있었을 뿐이다.

그 경험은 코칭 세션에서만 머물지 않았다. 일상에서도 그렇게 살아보기로 했다. 가족과의 대화에서 설명은 줄이고 질문은 늘렸다. 조언보다 생각을 묻고, 해결책보다 마음을 들으려 했다. 누군가를 고치려 하기보다 있는 그대로 이해하려 할 때, 우리는 훨씬 편안한 사이가 되었다.

어느새 일상은 작은 코칭의 현장이 되어 있었다.

그런데 삶의 방향을 바꾸는 일은, 또 다른 용기가 필요했다. 영화 〈트루먼 쇼〉의 마지막 장면이 떠오른다. 주인공 트루먼은 평생 살아온 거대한 스튜디오 세트의 끝에서 문 하나를 마주한다. 그 너머에는 한 번도 경험해 보지 못한 세계가 있다. 손을 뻗으면 열 수 있지만, 지금까지의 모든 삶을 내려놓아야 하는 문이다. 그의 얼굴에는 긴장과 망설임이 가득하다. 편안한 일상을 뒤로하고 알지 못하는 세계로 발을 내딛는 일은 누구에게나 두렵다. 그래서 우리는 알면서도 머문다. 모르는 고통보다 아는 불편함이 더 견딜만하기 때문이다.

코칭은 바로 그 순간에 묻는다. "또 무엇이 있을까?" 그것은 단순한 질문이 아니라, 닫힌 문 앞에 서게 하는 초대다.

나에게도 트루먼이 마주했던 문처럼, 쉽게 넘지 못할 것 같던 거대한 벽이 있었다. 어린 시절 부모님의 대출이 남긴 상처로, 우리 부부는 6년을 전세로만 살았다. 세상 돌아가는 일에는 무심했다. 그저 일과 아이에게 마음을 쏟으며 지냈다. 그 이상은 바라지 않았다. 그 안은 평온했지만, 우리는 제자리에 머물러 있었다.

그때 서울 사는 친구가 물었다. "주변은 지금 난리인데 집 안 알아봐?" 그 한마디가 오래 닫혀 있던 눈을 뜨게 했다. 수많은 시행착오 끝에 화려하지는 않지만, 가족이 편히 쉴 수 있는 공간을 마련하게 되었다.

돌아보면 친구와 나는 서로에게 코치 같은 존재였다. 육아든 관계든, 때로는 돈과 미래에 대한 선택까지도 함께 이야기했다. 무엇이 더 중요한지 묻고, 서로의 선택을 지지하고 응원했다. 내가 망설일 때는 "정말 원하는 게 뭐니?" 하고 물어보며, 시선의 끝을 옮겨주고는 했다. 정답 같은 말 대신, 망설이는 등을 조용히 밀어주던 사람. 그 작은 한 걸음이 쌓여 우리는 조금씩 앞으로 나아갔다.

처음 겪는 일들은 누구에게나 낯설고 어렵다. 그럴 때 손 내밀어 줄 사람이 있다면, 세상은 훨씬 숨쉬기 편한 곳이 된다.

친구의 그 한마디가 나를 코칭으로 이끌었다. 단 한마디가 시선을 바꾸고, 멈춰 있던 사람을 다시 움직이게 한다는 것을 삶에서 배웠다. 조언이 아니라 질문으로, 답이 아니라 가능성으로 누군가 곁에 서는 일. 그것이 무엇인지 더 깊이 알고 싶었다.

"그래 한번 해보자." 하는 마음으로 코칭 자격 과정을 시작했다. 면역 질환과 육아로 회사를 쉬고 있던 시절이었다. 코칭을 만나며 새로운 꿈이 생겼다. 지금은 낯선 영역에서, 코치로서도 한 걸음씩 나아가고 있다.

완벽해야 한다고 믿던 엄마에서 아이의 마음을 들여다보려는 엄마로 조금씩 변해갔다. 동생에게는 이제 곁에 있어 주는 언니로 다가가고 있고, 부모님과도 서운함을 지나 사랑을 전하는 사이가 되고 있다. 이 모든 변화는 코칭 여정에서 만난 코치들 덕분이다. 부족하고 서툰 모습도 평가 없이 드러낼 수 있도록 안전한 공간을 내어준 사람들. 그 시간 속에서 다시 움직일 힘을 얻었다.

한 번의 코칭으로 사람이 완전히 바뀌지는 않는다. 그러나 코칭을 통해 찾은 나만의 북극성은, 발걸음이 흔들리는 밤에도 방향을 잃지 않게 한다. 주변이 이해하지 못해도 묵묵히 그 길을 걷게 하는 힘이 된다. 그 사람의 뒷모습은, 그래서 다르다.

사람은 누구나 자신의 삶을 살아갈 힘을 가지고 있다. 다만 잠시 잊고 있을 뿐이다. 코칭은 그 힘을 다시 기억하게 하는 일이다. 이제는 그 과정에서 받은 사랑을 누군가와 나누며 함께 걷고 싶다. 그것이 내가 오늘도 이 길 위에 서 있는 이유다.

일상에서
코칭의 순간이
올 때

아들이 중학교에 다니던 때였다. 학교와 집 근처에는 친구들이 있어서 공부에 방해가 된다며, 원하는 장소를 찾아 자기 주도로 공부하고 싶다고 했다. 다니고 싶다는 독서실을 보니 거리도 멀지 않고, 대중교통도 괜찮은 편이었다. 그래서 아들을 믿고 독서실 비용과 식사비, 교통비를 포함한 용돈을 매월 자동 이체했다. 아들은 한동안 열심이었다. 그러던 어느 날 늦게 들어온 아들이 인사를 대충 하고 평소와 달리 방으로 쑥 들어갔다. '바쁜 일이 있나?' 하고 넘겼지만, 그 후로도 이런 일이 종종 있었다. 엄마의 촉이 섰다. 엄마에게 당당할 수 없는 일을 했구나. 계획을 설명하고 지킬 때만 해도 초롱초롱했던 아들의 눈빛이 달라 보였다. 이쯤에서 제동을 걸어야겠다고 마음을 먹었다. 아들이 들어오는 소리가 들렸다. 건성으로 인사를 하고 방으로 들어가려는 아들에게 수고했다며 눈을 맞추니 당황한 눈치였다. 멋쩍은지 왜 그러냐고 묻는 아들에게 할 이야기가 있다며, 이번 주 언제 시간이 되는지 물었다. 아들은 조금 당황하더니 이내 가장 먼 토요일을 말했다.

약속한 토요일 저녁, 8시쯤 들어온다더니 8시가 넘어서 들어왔다. 어디서 이야기하고 싶은지 물었다. 자기 방에서 하겠다길래 따라 들어가 눈높이를 맞춰 앉았다. 그리고 "아들! 엄마는 아들 믿어!"라며 첫마디를 건넸다. 아들은 고개를 숙이며 "죄송합니다."라고 했다. "그래, 알았으면 됐어!" 하며 아들 어깨를 투박하게 툭툭 쳤다. 잠시 후 "그러면 어떻게 할 거니?" 아들의 의견을 물었다. 그 후 짧았던 일탈은 끝났다. 아들은 계획을 잘 지켜나갔고, 서로에 대한 신뢰와 믿음은 더 견고해졌다. 이후 아들은 무난한 사춘기를 보냈다. 만일 그때 엄마로서의 감정을 앞세웠다면 지금과 같은 신뢰 관계는 되지 못했을 것이다. 아들은 지금도 스스로 선택한 '자기만의 길'을 착실하게 가고 있다.

그렇게 일상에서 지혜롭게 사는 법을 고민하며 지내던 어느 날. 함께 활동하는 코치님의 카카오톡 프로필 사진을 보게 되었다. '교수님 재직 30주년 축하합니다'라는 플래카드 아래서 꽃다발을 안고 환하게 웃는 사진이었다. 행복이 내게도 전달되었다. 문득 내년이면 산업 간호사로 살아온 지 30주년이다. '어떻게 자축할까?' 기대됐다.

새해를 맞았다. 언제부터인가 월요일 출근하면 피곤해 보인다는 인사를 종종 받았다. 늘 피곤했지만, 최근 들어 더 피곤하고 몸이 무거웠다. 몸무게는 변동이 없는데 체중이 증가한 느낌이었다. 자고 나면 잠옷이 흠뻑 젖어있어 매일 세탁기를 돌려야 했다. 그런 증상은 몇 달간 지속됐다. 어느 날 출근 준비로 머리를 만지는데 귀 뒤쪽에 몽우리가 잡혔다. 잡혔다가 없어졌다가 반복되다 언제부터는 커지는 느낌이 들었다. 혹시나 해서 몸을 살피니 여러 곳에서 만져졌다.

대학병원에서 조직검사를 하니 암일 가능성이 크다고 했다. 검사 결과는 1주일 후에 나오는데 나는 마음속으로 이미 암 환자가 되었다. 사회인 30주년에 암이 찾아오다니. 출퇴근길 차 속이 나만의 은신처였다. 큰 소리로 울기도 하고, 통성기도도 하며 마음을 풀어냈다. 아직 아이들도 내가 필요할 텐데. 아내 바라기인 남편은…. 아직 가족들은 이 상황을 몰랐다. 가장 마음에 걸리는 것은 암 환자 아내를 둔 남편, 아이들이었다. '만약 정말 잘못되면….' 하는 생각이 들자 '내가 지금 무슨 생각을 하는 거야?' 퍼뜩 정신이 들었다. 한 발 떨어져 객관적으로 상황을 봤다. 아직 진단 결과도 나오지 않았고, 혹시 암이어도 치료하면 된다. 그때부터 나는 마음의 준비를 시작했다. 어떻게 해야 가족들을 지키며 암을 이겨낼 수 있을지, '나'를 고객으로 한 '셀프코칭'을 시작했다.

검사 결과는 혈액암인 림프종이었다. 이미 암이라고 생각한 터라 덤덤하게 받아들였다. 혈액 내과로 넘겨졌다. 첫 진료일이 되었다. 앞으로 치료는 어떻게 하는지 물으니, 정확한 진단명이 나와야 치료를 시작할 수 있다고 했다. 그러면서 "치료 목표는 강은주 씨를 완전한 일상으로 복귀시키는 것입니다."라고 덧붙였다. 의사의 말에는 신뢰와 확신이 있었다. 나는 용기가 생겼다. 항암 치료를 위해 혈액 병동 병실을 예약하고 집으로 돌아왔다. 그날 저녁, 말없이 밥을 먹었다. 가족들 얼굴에는 불안감이 가득했다. 이 상황을 정리하고 가족들을 위로하고 싶었다. "지금 우리 상황은 변한 게 없다. 난 치료를 잘 받을 테니, 모두 지금 하던 대로 하자." 준비해 둔 각오와 당부의 말을 했다. 휴직계를 제출했다. 카카오톡 프로필 메시지를 '인생 후반전 작전타임 중! 그가 나를 단련하신 후에 내가 순금같이 되어 나오리라'로 변경했다.

기대했던 30주년에 나에게 온 암은 어떤 의미일까? 잠이 오면 커피로 깨우고, 몸이 찌뿌둥하면 스트레칭하고, 결리고 아프면 테이핑해 가며 몸을 써왔다. 몸에게 미안했다. '수고 많았어! 잘 치료하자!' 나를 쓰다듬으며 다독였다.

그리고 가족 관점에서 이 상황을 바라보았다. 내가 해야 할 일은 엄마와 아내의 자리에 있는 것, 솔직하게 말하는 것, 치료 잘 받는 것, 잘 먹고 씩씩하게 생활하는 것이었다. 아주 사소한 일이지만, 이게 가족에게 안심과 격려, 용기를 주는 일이었다.

　예상하지 못했던 암 치료 기간을 '내가 나에게 휴가를 주다'라는 제목을 붙였다. '치료'가 아닌 '휴가'. 그렇게 정리하니 한결 마음이 가벼워졌다. 30년 만에 처음 맞는 긴 휴가였다. 가족들에게 휴가에 필요한 도움을 요청했다. 일상생활과 치료 일정에는 딸아이가 동행하기로 했다. 생활에서 방해되는 것은 즉시 개선해 나갔다. 일차 항암 치료가 끝나고 머리가 빠지기 시작했다. 어차피 빠질 머리카락을 미리 삭발하고, 원래 머리모양과 최대한 비슷한 가발을 썼다. 항암 치료를 위해 당일 입원할 때면 가서 볼 영화를 고르고, 아침, 점심 도시락과 간식을 준비했다. 낮병동 입원 때는 앞 순서로 가서 편안하고 조용한 병상에서 치료받았다, 점심때는 도시락을 들고 병원 옥상 공원으로 소풍을 갔다. 장기간 입원 때는 한강이 보이는 곳에서 편안히 치료받았다. 날씨가 좋고, 컨디션이 좋은 날이면 한강에서 자전거를 탔다. 이러한 소소한 일상을 가족과 지인에게 알리고 공유했다. 정말 감사하게도 긴 휴가를 무사히 끝내고 일상으로 '완전히' 복귀했다.

　누구나 살면서 예상치 못한 일을 겪을 때가 있다. 이때 제삼자가 되어보라. 그러면 사건을 객관적으로 바라볼 수 있는 눈과 힘을 갖게 된다. 아들의 일시적인 일탈 때, 엄마가 아닌 코치가 되어 상황을 보았다.

일상의 갈등이 코칭의 순간이 되었다. 에고를 내려놓고, 고객을 대하듯 존중과 배려로 아들을 대했기에 가능한 일이었다. 또한 암에 걸렸을 때, 환자인 내가 아니라 암 환우 가족의 입장으로 나를 바라보았다. 무엇이 이들에게 최선의 격려와 용기가 될까를 찾는 순간, 셀프코칭이 시작되었다. 앞으로 살아가며 일상에서 코칭과 수많은 셀프코칭의 순간을 마주하게 될 것이다. 이때를 위해 평소에 '코치다움'을 유지해야 한다. 그것이 '코치로서의 삶'일 것이다.

말을 비워
사람을 담다

　나는 왜 코칭에 그토록 끌렸을까? 이미 수많은 소통 기술을 익혔고, 관계 속에서 아주 성실하게 대화해 왔음에도 내게는 왜 더 깊은 대화 방식이 필요했을까? 그동안 내가 느꼈던 설명하기 어려운 공허함은 대화 속에서 내 존재가 아닌 '역할'만 수행하고 있었기 때문이었다. 좋은 선배, 다정한 친구라는 가면을 쓰고 상대가 원하는 답을 내어주기에 급급했던 시간. 그 속에서 말은 화려하게 꽃피었으나 정작 대화의 뿌리는 어디에도 내리지 못했다.

　코칭은 내게 새로운 대화 기술을 가르쳐주지 않았다. 오히려 너무 많은 소음과 정보 속에서 우리가 잊고 지내던 대화의 본질로 나를 다시 데려다주었다. 더 세련되게 말하는 법이 아니라 덜 말해도 충분히 깊어질 수 있다는 역설, 무엇을 더 채워 넣어야 할지가 아니라 무엇을 기꺼이 내려놓아야 하는지를 배우는 과정이 내게는 코칭이었다. 코칭을 만난 것은 기술의 습득이 아니라, 내 삶을 지탱하던 낡은 대화의 문법을 완전히 바꾸는 사건이었다.

처음 코칭을 접했을 때 내가 목격한 장면은 낯설고도 경이로웠다. 코치가 말을 많이 하지 않아도 대화의 흐름은 멈추지 않았고, 정답을 제시하지 않아도 고객의 생각이 스스로 확장되고 있었다. 이전의 나는 대화에서 무언가를 해결해 주지 않으면 무책임해 보일까 봐 불안해했다. 침묵이 길어질수록 내가 코치 혹은 대화의 상대로서 쓸모없어지는 것 같은 착각에 빠져 공백을 나의 조언으로 메우려 발버둥 쳤다. 하지만 그 불안을 견디며 침묵 속에 머물렀을 때, 비로소 진짜 변화가 시작됐다. 변화는 화려한 언변이 아니라 '상대방의 내면'에서 시작되었고, 날카로운 조언이 아니라 조언을 멈춘 자리의 '여백'에서 시작되었다. 코칭은 사람을 뜯어고치는 작업이 아니라, 자기 자신을 바라보는 시선을 바꾸도록 돕는 고귀한 동행임을 깨달았다. 내가 답을 주는 순간 상대는 생각하기를 멈추지만, 질문을 남기고 물러나는 순간 상대의 삶은 스스로 움직이기 시작한다.

코칭을 하며 가장 크게 달라진 것은 고객이 아니라 바로 나 자신이다. 이전에는 타인의 고민을 들으면 '어떻게 해결해 줄까'를 먼저 고민한 해결사의 시선으로 바라보았다면, 이제는 '이 사람 안에 어떤 가능성이 숨어 있을까'를 기대하는 관찰자의 시선으로 바뀌었다. 문제를 해결해야 할 '대상'으로 보던 시선이 존재의 '힘'을 발견하는 시선으로 옮겨간 것이다.

이러한 변화는 대화에만 머물지 않고 내 삶의 태도 전반으로 확장되었다. 사회적 자아로서 끊임없이 반응해야 한다는 압박에서 한 걸음 물러나, 모든 말에 정답을 내놓지 않아도 괜찮다고 스스로에게 허락하게 되었다. 그 여백 속에서 내 삶이 비로소 숨쉬기 시작했다. 문제를 빠르게 정리해야 안심되던 조급함이 사라졌다. 이제는 그 문제를 안고 살아가는 나의 태도와 감정을 먼저 들여다본다.

코칭은 누군가를 억지로 앞으로 끌어당기는 기술이 아니다. 자신의 자리로 돌아오도록 돕는 시간이며 동시에 나 또한 마음의 중심으로 돌아오는 여정임을 매 순간 발견한다.

코칭은 내게 직업 이전에 삶의 근본적인 선택이었다. 그것은 '어떤 태도로 사람 앞에 설 것인가'에 대한 끊임없는 물음이었고, '어떤 속도로 관계의 온도를 맞출 것인가'에 대한 결단이었다. 나는 빠르게 반응하여 유능함을 증명하는 사람보다, 조금 느리더라도 끝까지 곁에 머무는 사람으로 살아가고 싶다. 해석을 미루고, 판단을 늦추고, 조언을 보류하는 짧은 찰나에 사람의 중심이 보이기 시작하기 때문이다.

세상은 언제나 소음으로 가득하다. 우리는 더 나은 답, 더 빠른 해결, 더 명확한 방향을 요구받으며 살아간다. 과정에서 수많은 말과 조언, 판단이 층층이 쌓여 정작 중요한 본질은 쉽게 묻혀버린다. 코칭은 이 모든 세상의 소음을 잠시 낮추게 해주었다. 중요한 것은 얼마나 많은 질문을 던지느냐가 아니라, 얼마나 많은 것을 덜어내고 온전히 그 사람의 존재만을 남겨두느냐에 달려 있다는 것을 알려주었다.

나의 이야기는 소통을 잘하는 화술을 말하지 않는다. 오히려 우리가 얼마나 자주, 서툴고 조급하게 말해왔는지를 함께 돌아보고 싶었다. 대화는 기술이 아니었고, 경청은 능력이 아니었으며, 질문은 전략이 아니었다. 결국, 내가 한 인간으로서 다른 인간 앞에 어떤 태도로 서 있을 것인가에 대한 선택의 문제였다. 더 잘 말하려 애쓰지 않아도 좋다. 대신 한 번 덜 말하고 한 번 더 머무는 쪽을 선택해 보자. 조언을 꺼내기 전 질문 하나를 가만히 남겨보고, 침묵이 찾아오면 어색함으로 채우기보다 숙성의 시간으로 그대로 두어보자. 선택은 거창하지 않지만, 그 작은 선택이 쌓일 때 대화는 전혀 다른 방향으로 흐르기 시작할 것이다. 상대를 설득하고 이기려는 대화가 아니라 각자의 삶이 스스로 말할 수 있도록 여백을 내어주는 대화로 말이다. 지금 당신 앞에 있는 사람의 이야기에 조금 더 오래 머물러보는 귀한 시작이 되길 바란다. 그것으로 충분하다. 우리의 진정한 대화는 이미 거기서부터 시작되었다.

한 사람의
'나다움'을
되찾는 여정

김채연

헤어 디자이너로 일하며 다양한 고객과 매일 만난다. 헤어로 자신감을 디자인해 주고 싶은 미용인이다. 헤어를 넘어 삶의 의미를 찾아주고 싶고, 나를 포함한 모두가 오늘보다 내일이 더 나은 삶이기를 원하는 마음이다. 그런 내가 사람을 살리는 코칭을 만났다. 2025년 그 여름 얘기를 해보려 한다.

코칭 일지에 기록한 첫 미용실 고객의 사례다. 네 살 때부터 머리를 잘라준 초등학교 2학년 서준(가명). 색감 선택과 코디에 남다른 실력을 지닌, 얼굴처럼 고급스러운 멋이 나는 엄마 선영(가명).

그녀 혼자 오던 날. 앞머리 펌 후 마무리 대기 중인 선영에게 "저 많이 행복해 보이지 않아요?" 활짝 웃어 보였다. "얼굴이 많이 행복해 보여요." 말한 후 "저는 좀 힘들어요!" 한다.

"무슨 일 있으세요?" 어깨를 감싸며 건넨 나의 한마디에 왈칵 눈물을 쏟는다. 아들에게 문제가 심해졌단다. 틱이었다. 불안 증세를 보이는 아이들에게 많이 보이는, 의미 없는 반복적인 작은 행동이다. 그런 모습이 보이기도 했지만, 조심스러워 얘기를 건넬 수 없는 상황이었다.

그즈음 귀엽고 잘생긴 아들이 점점 기이해지고 있었다. 서준이 보이는 틱은 고개를 좌우로 움직이며 흰자위가 많이 보일 정도로 희번덕거린다. 어린 나이 때부터 놀 시간 없이 이 학원 저 학원으로 학업 스트레스를 많이 받겠다 싶어 안타까워만 했었다. 나는 짐짓 모른 척했다. 민감한 문제를 먼저 얘기한다는 건 큰 실례가 될 수 있기 때문이다. 결국, 틱 진단을 받은 것이다.

위로 대신 축하를 건넸다. 계속 있던 문제를 이제 마주할 수 있으니 축하할 일이었다. 조그만 아들이 간절히 몸으로 "엄마 나 너무 힘들어요!" 한 것이다. 그 녀석이 용감하게 더 늦지 않게 말했다며 진심 어린 축하의 말을 건넸다. 지금 2학년이니 얼마나 다행인가. 사춘기 돼서, 중요한 청소년기에 다른 방식으로 표출된다면 후회스럽지 않겠는가. 너무 잘 됐다고 서준이가 지금 말해준 게 너무 기특하고 고맙다고 말했다.

선영은 눈물을 참을 수 없는 듯 눈과 코까지 빨갛게 물들었다. 티슈를 서너 장 건네는 내 마음은, 이 울음이 희망의 눈물이라는 걸 알 수 있었다. 그래서 기뻤다. 함께 눈시울을 닦으면서 꼬마 고객의 밝은 앞날을 보았다.

무료 코칭을 먼저 제안 후, 한 차례 코칭을 했다.

"아드님을 잘 키우기 위한 일정으로 하루를 사시는 고객님은 어떤 삶을 살고 싶은 분이세요?"

한참을 머뭇거리더니,

"어떤 나로 살고 싶은지 생각해 본 적이 없어요.…잘 모르겠어요." 한참 침묵이 흐른 후

"미래를 그려본 적이 없네요, 저는. 오늘 하루 잘살아 보자는 생각으로만 살아온 것 같아요."

선영은 긴 시간 동안 미래의 계획도, 자신의 미래 모습도 그리기 힘들어했고 마지막까지 어느 것도 그려내지 못했다. 오로지 오늘만을 살고 있다는 자신을 깨달았다. 선영은 주부로서 남편의 아내이기보다는 아들의 엄마로 살고 있었다. 4~5세 때부터 조기교육으로 언제나 정보를 취합하느라 바빴다. 서준을 누구보다 똑똑하고 공부 잘하는 아들로 키우고 싶은 욕구가 강했다. 그래서 어릴 적부터 여러 프로그램을 찾아다녔다. 순수하고 착한 아들은 엄마를 위한 공부를 해 오던 것이다. 아홉 살 아들이 견뎌내다 이제 탈이 난 것이다.

"그럼, 아들은 어떤 사람으로 성장했으면 하나요?"

"나처럼 소심하지 않고, 여유 있는 사람으로 자랐으면 좋겠어요."

선영의 여유란 어스름이 내려앉을 오후 5시 무렵의 강가를 바라보고 있는 상태라고 했다. 아주 편안한 공기와 불안한 긴장감이 없는 느슨함이 함께하는 상태. 하루의 일과가 어느 정도 정리된 시간의 편안한 여유를 희망했다.

그러기 위해 세 가지를 해보겠다고 했다. 서준에게 말을 줄여보기. 서준에게 자잘한 신경 덜 쓰기. 학원 대기시간에 카페에서 자신만의 시간 가져보기.

어제 다녀간 서준은 틱 증상이 거의 보이지 않았다. 특별한 치료를 하지 않았고, 편안할 때는 증상이 거의 없다는 것에 안심되었다. 들어 보니 둘만의 데이트를 즐긴 지 두어 달이 되었다 한다. 서준은 학원 수업이 없는 토요일에 지하철을 타고 서울 여러 곳을 다니며 학업 스트레스에서 벗어나 엄마와 오붓하고 따듯한 데이트를 즐기는 중이었다. 그 시간 또한 선영도 즐겁다 한다. 지난 주말은 지하철을 타고 광화문을 다녀왔단다. 그날 꼬맹이 서준은 '나라를 뺏기지 않아야 해.'라는 일기를 석 장이나 썼다는 것이다. 그 일기를 통해 평소에는 특별히 쓸 말이 없는 일상이었다는 것을 알게 됐다며 뿌듯해했다.

어른들은 우리 아이들의 크기를 어른들의 작은 세상 프레임 안에 가둬 키우려고 한다. 우리가 모르는 세상이 펼쳐질 것이다. 이미 작아질

데로 작아진 틀에 끼우려 하지 않는 게 맞는 것 같단 얘기가 오갔다. 소심한 아이, 밖에 나가는 걸 좋아하지 않는 아들로만 알았는데 세상에 나가 보니 그 아들은 새로운 것에 대한 호기심에 반짝반짝했다는 것이다. 오늘 비 오는 주말에도 어김없이 두 모자는 세상을 보러 나섰을 것이다.

내게 코칭이란 이처럼 사람을 살리는 일인 것을 경험하게 해주었다. 이후 그녀를 도울 방법으로 관심을 두고 응원했다.

'나는 기쁘고 상대는 행복해지는 미소 셀카'의 힘을 믿으면서. 아침에 찍은 나의 미소 셀카와 책 낭독 후 적은 '책 속 한 줄 문장과 내 생각 한 문장'을 3주 정도 매일 보냈다. 답 글은 없었지만 언제나 보낸 톡에 하트가 있었다. 서준이가 겪고 있는 문제를 아무한테도 말해 본 적이 없다 했다. 주변 사람들의 입에 오르내리는 것도, 좋지 않은 상태를 공개한다는 게 쉽지 않았다고도 했다. 그런데 이렇게 코칭 과정에서 용기를 내어 얘기하고, 자신을 한번 돌아보게 돼서 좋은 시간이었다며 감사하다고 했다.

이런 게 사람을 살리는 값진 일이구나! 이전에 경험해 보지 못한 기쁨과 만족감이었다. 아들을 잘 키우려는 의미와 의도를 인정해 주고 격려해 주면서, 고객에게 온전히 집중하는 과정은 나에게 집중하는 것과 맥이 통하는 것 같았다.

물론 코칭 과정에서 아쉬운 마음도 있었다. 충분히 공감하고 인정, 칭찬해 줬더라면 얼마나 좋았을까. 더 나은 확장 질문, 그로 인한 대안 탐색을 더 돕지 못해 아쉬웠다. 갓 껍데기를 깨고 나온 병아리 코치로서 부족함이 많았다. 그런데도 걸음마 수준이지만 스스로 기특했다.

거울 속 모습이 마음에 들지 않을 때 헤어디자이너를 찾듯, 삶의 항로가 흐릿할 때 필요한 것이 바로 코칭이다. 나는 고객의 삶을 디자인하며 사람을 살리는 일이 곧 나를 살리는 길임을 확신하게 되었다. 이 값진 경험을 당신도 누려보았으면 한다. 나를 발견하고 타인의 잠재력을 깨워주는 코칭의 삶, 그 가슴 벅찬 여정에 당신을 정중히 초대한다.

인생의 새로운
나침반이 된
코칭

유연하고 조화롭게

당신과 더불어 살고 싶어요.

코칭이 무엇인지 몰랐다. 코칭이 카운셀링과 같은 것인 줄 알았다. 어느 날 세미나 팀 선생님이 코칭은 카운셀링과 다르며, 본인은 코칭을 좋아한다고 했다. 코칭은 자발성을 이끄는 것이고, 카운셀링은 답을 주는 것이라 했다. 그렇구나! 하지만, 까맣게 잊고 지냈다.

약 2년 전 세미나 팀에 외부 특강이 있었다. 초대된 외부 강사는 남다른 느낌을 주었다. 그래서 전화를 걸고, 코칭을 받아 보고 싶다고 바로 연락했다. 그 강사가 송수용 코치였다.

10여 년 전에 읽은 『들이대 DID』라는 책의 저자였다. 자기 계발 공부를 열심히 하던 시절에 감동적으로 읽었고 꼭 만나보고 싶다고 생각했었다. 그런데, 생각지도 못한 날 강의실에 나타나 코칭 강의를 한 것이었다.

역시나 송수용 코치의 열정적인 강연은 감동적이었다. 목청을 돋우며, 외치는 소리는 가슴 속 깊이 전달되었다. 진정성에 감동되어 코칭을 배우게 되었고, 코치가 되는 길까지 따라가게 되었다.

코칭은 인생의 다른 시야를 열어주었다.

먼저, 나의 강점을 알게 되었다. 그동안 단점을 극복하기 위해 엄청난 노력을 하며 살아왔다. 그것은 자신을 비난하는 괴로운 길이었으며 완벽함을 필요로 했다. 그래서, 비난의 잣대를 나에게서 남에게로 휘둘렀다. 만족할 수 없었고 타인에게도 관대하지 못했다. 단점을 극복하기 위해 지적했고 고쳐나가라고 요구했다.

직원들도, 주위 사람들도 나를 무서워했다. 확실하게 알려주려 했다. 칭찬은 어색했고 지적은 확실했다. 무섭다는 반응을 보면서 진심을 모르는 사람들에게 서운했다. 단점을 지적한다는 것도 용기가 필요했다. 쉬운 일은 아니었고, 나도 나름으로 돕고자 한 것이었다. 지적하는 나도 힘들었다.

하지만, 코칭을 배우고 나니 내가 그토록 주목한 '단점 극복'이 중요한 것이 아니었다. '강점 활용'의 인생이 더 중요했다. 나의 강점은 '배움, 연결성, 신념, 전략, 수집'이었다.

배우는 것을 좋아해 남에게도 배우라고 권했다. 사람과 사람은 연결된다는 깊은 신념은 타인이 잘 되는 것이 나와 같은 길이라는 신념으로 발전하였다. 강점을 배우고 나서야 신념이 달라 다른 사람들이 나를 잘 이해하지 못할 수 있다는 것을 알게 되었다.

나는 유난스레 배우는 것을 좋아했지만, 모든 사람이 배우는 것을 좋아하지는 않는다는 점을 알고 이해하게 되었다. 잘되라고 하는 이야기가 듣는 사람에게는 상처가 된다는 것도 알게 되었다. 무엇이든 끊임없이 배우고 싶었고, 더불어 사람들과 연결되고 싶어 했다.

코칭을 배운 지금은 무엇보다 경청하는 힘이 강해져 스스로 기특하다. 상대가 아무리 속사포처럼 이야기해도 차분히 들을 수 있다. 기다리다 보면 생각보다 좋은 결과도 얻게 된다. 잘 듣고, 복사기 화법을 구사한다. 간단히 서로의 마음이 정리가 된다. 단순한 프로세스를 통해 이루어지는 변화가 신기하다. 더욱 신기한 것은 침묵이 편해졌다. 예전에는 침묵이 어색해서 두서없이 이야기하곤 했었다.

송수용 코치의 코칭을 받으며 위로가 되는 코칭을 경험했다. 코칭을 통해 가족도 더 이해하게 되었고, 직원들도 더 이해하게 되었다. 초등학교 교장 선생님인 친구에게 코칭을 해줬다. 간부 교사들과 대화하기가 늘 불편해서 고민이었다고 했었다. 이제는 어떻게 해야 할지 알겠다며 감사함을 전했다. 코칭을 통해 받고 또 함께 나눌 수 있다는 점이 감사하다.

코칭 서적 낭독 모임을 진행하게 되었는데, 아주 즐거운 변화다. 우리는 자칭 대한민국 최고의 엘리트 집단이다. 대단한 실천 그룹이다. 매주 토요일 오전 6시에 초롱초롱한 눈으로 웃으며 만나는 이 모임의 이름은 '코낭코낭'이다. 벌써 1년 넘도록 매주 함께 진행한다. 코낭 모임의 코치들은 열정적이고 성실하다. 우리는 서로의 루틴을 공유하고 용기를 나눈다. 이렇게 열심히 살아가는 코치들과 함께 모임을 하면서 남다른 행복감을 얻게 되었다.

이 낭독 독서 모임은 독서 이외에도 서로에게 좋은 루틴으로 성실히 살아가도록 응원한다. 이렇게 열정적으로 자신의 삶을 사랑하고 루틴을 지켜나가는 사람들을 본 적이 없다. 회원들 루틴의 양이 엄청나다.

나의 루틴도 많다. '모닝 페이지 쓰기, 일일 영어 공부, 일일 일어 공부, 짐볼 스트레칭, 1분 독서, 1분 명상, 마음 조각하기, 전공 공부, 경영 공부, 오전 승마, 러닝.' 많은 양이지만, 코낭 코치들 덕분에 성실히 하고 있다. 그토록 원하던 루틴 실천을 지금 하고 있다.

나의 강점인 배움, 연결성, 신념이 생활 습관으로 확대 발전하고 있다.

어린 시절, 여름 방학과 겨울 방학 때 동그라미 생활 계획표를 만들어 놓고 단 한 번도 지키지 못한 나를 다시 보게 된다. 그때 나는 할 수 없었지만, 현재 나는 할 수 있다. 우리도, 할 수 있다.

코칭은 일상의 모든 면을 서서히 변화시켜서 하루의 일과를 습관으로 안정되게 도와주었다. 좋은 코치들과 함께 서로 위로하고 용기를 나누었다. 바로바로 지적하고 싶은 마음에서, 이해하고 기다리면서 격려하는 모습으로 발전하였다. 가족과 새롭게 깊은 대화를 나누며 더 이해하게 되었다. 직원들하고도 코칭 스타일로 대화하려 노력한다. 어려운 환자도 코칭으로 대화하려 노력한다.

실타래가 부드럽게 풀어지는 느낌이다. 앞으로도 코칭은 삶의 새로운 무기가 될 것이다. 나는 더욱 유연해지고, 편안하게 도울 수 있을 것이다. 그래서 더 많은 사람이 코칭을 통해 차원이 다른 소통을 경험해 보길 권한다. 오늘도 진료실에서는 여든 살이 훨씬 넘은 환자들과 친구가 되었고, 집으로 가면서 나를 부른다. "원장님, 나 가. 잘 있어.", "응응, 건강하고 또 봐요." 우리는 친구다. 코칭은 말로 듣기만 해서는 안 된다. 직접 해보아야 그 맛을 알 수 있다.

사람은 누구나
자기 전문가다

코칭은 스스로 알아차리고 실행하도록 한다. 남의 눈치를 보며 헌신하느라 정작 내 마음을 돌보지 못할 때, 코칭은 그 사실을 정확히 알아차리게 한다. 예전에는 남편과 아들, 형제자매, 직장 동료들이 내 뜻대로 움직이고 말하지 않아도 알아서 해주길 바랐다. 뜻대로 안 되면 서운한 마음, 짜증 난 마음을 안고 살았다. 이제는 남에게 향하던 에너지를, 나를 향해 쓴다. 남은 변하지 않는다는 것을 코칭을 통해 알아차렸기 때문이다. 내가 변하기 시작했다. 타인의 인정과 칭찬을 구걸하지 않아서 좋다. 덜 외롭고 훨씬 단단해졌다.

말하기를 좋아했다. 듣는 데 서툴렀다. 상대의 말을 온전히 듣기보다 내 말 할 때만을 노렸다. 듣지 않고 기다리지 않고 내 생각을 불쑥 말했다. 운전을 처음 배우면 액셀 밟아야 할 때 브레이크 밟아 차가 덜컹이듯 했다. 그렇게 내뱉은 말은 모두에게 당혹감을 주었다. 마치 깜빡이도 켜지 않고 불쑥 끼어들어 모두를 놀라게 하듯. 상대가 당황해하는 모습을 보며 후회가 많았다. 대화가 끝나면 늘 같은 질문이 남았다. '그 순간 꼭 그 말이 필요했을까?'

타인에 대한 배려나 궁금증은 없었다. 내가 중심이지 않은 이야기는 의미 없었다. 그와 반대로 모임에서 말을 적게 한 날은 마음이 깔끔했지만, 말을 많이 한 날은 텁텁함이 남았다. 말을 많이 할수록 다시는 만나지 않는 관계도 생겼다. 그럼에도 어디서든 하고 싶은 말을 다 해야 직성이 풀렸다.

주장이 제대로 전달되지 않았다고 생각되면 조목조목 따져 이해될 때까지 붙잡고 늘어져 이해시키려고 했다. 원하는 대로 이해시키지 못하거나 오해가 생기면 분하고 억울해서 잠을 못 자고 이불 차기를 하며 괴로워했다. 세상에 나를 알아주는 사람이 아무도 없는 것 같아 외로웠다. 내 말에 "그랬구나, 많이 힘들었겠다."라고 말해줄 내 편 한 사람을 간절히 찾고 있었다.

세상에는 '1만 시간의 법칙'이 있다. 무엇이든 1만 시간을 투자하면 전문가가 된다는 말이다. 나를 데리고 산 지 이미 1만 시간을 훌쩍 넘겼다. 그런데도 정작 나에 대해서는 잘 알지 못했다. 그래서 강점 코칭을 받고, MT-다원 재능 검사를 하고, 두뇌 검사와 명리학, 색채학, 8 체질 건강관리와 음식 표까지 찾아다녔다. 그렇게 나를 찾아 헤매다 코칭을 만났다. "사람은 누구나 자기 전문가다." 그 문장이 나를 붙잡았다.

세상이 다르게 보이기 시작했다. 사람의 이야기를 들으려 애쓰는 나를 발견했다. 코칭을 생활화하고 싶었다. 경청, 공감, 인정과 칭찬을 건네며, 질문과 피드백을 잘하고 싶었다. 그렇게 오늘이 어제보다 나은 삶을 살고 싶었다. 말하는 습관도 바꾸고 싶었다.

간절하게 내 전문가가 되고 싶었다. 처음부터 잘하겠다는 욕심은 없었다. 나를 더 잘 알아차리고 하루하루 성장하는 인생을 의미 있고 보람 있게 살고 싶었다. 그 경험이 결국 타인에게도 선한 영향력으로 전해지길 바랐다.

코칭을 배우고 집안 풍경이 극적으로 바뀐 것은 아니다. 식탁은 여전히 어질러져 있다. 빨래는 제때 정리되지 않는다. 상황은 예전과 크게 다르지 않지만, 반응은 달라졌다. 예전에는 어질러진 식탁을 보는 순간 화부터 냈다. 말은 질문처럼 보였지만 사실은 비난이었다. 왜 이렇게 해놨어? 말 속에는 가족을 이해하려는 마음이 없었다. 쌓아둔 피로와 억울함이 몰려왔다. 가족을 존중하고 사랑하고 있다고 믿었지만, 사실은 원망하며 서운한 감정을 쏟아냈다.

코칭을 배우면서 세상을 해석하는 방식이 바꿨다. 어질러진 식탁을 보며 먼저 묻는다. 왜 이랬을까? 얼마나 바빴을까? 이 상황에서 내가 모르는 것이 있을까? 질문들은 같이 사는 두 남자, 아들과 남편을 위한 것 같지만, 사실은 나를 멈추게 하는 장치가 됐다. 즉각적인 화를 늦추고 한 걸음 물러서게 했다.

코칭은 대화를 예쁘게 만드는 기술도, 상대를 설득하는 고급 화술도 아니다. 반사적으로 튀어나오던 나의 언어를 점검하게 만드는 훈련의 생활이다. 과거에는 아들이 말을 안 들어서, 남편이 이해를 못 해서라고 생각했다. 하지만 코칭을 배우며 깨달았다. 소통의 가장 큰 방해물은 이미 답을 가지고 있다는 확신이었다. 비난은 언제나 내가 바르다는 결정에서 시작됐다. 이건 네 잘못이야. 이렇게 했어야지. 지금은 원망을 바로 하지 않는다. 무슨 일이 있었을까, 어디서 막혔을까, 그 차이는 작아 보여도 현실에는 결정적인 변화를 불러왔다.

코칭은 허물을 들춰내는 도구가 아니다. 오히려 그 반대다. 얼마나 쉽게 화를 내고, 모든 것을 내 기준에 맞추며, 얼마나 빨리 판단하고 결론을 내리는지 보여주는 거울이 되었다. 거울은 허물을 감춰주지 않고 알아차리고 벗어날 용기를 갖게 했다. 오늘도 분명히 말한다. 내 삶의 전문가다. 나의 전문가가 되어 강자 앞에 쫄지 않고 약자 앞에 강자가 되지 않게 알아차리려고 노력한다.

코칭을 배우기 전 한강에서 뺨을 맞고 집에 와서 화풀이하던 사람이었다. 지금은 한강에서 뺨을 맞았으면, 그 자리에서 감정을 말하고 사과를 요구할 수 있는 사람이 되려고 노력한다. 폭력으로 되갚겠다는 뜻이 아니다. 감정을 모른 체 비겁하게 나를 배신하지 않겠다는 다짐이다. 과거 경험으로부터 억울했던 삶, 미래를 걱정하는 삶이 아닌 현재에 집중하고 싶다. 가슴 뛰는 삶을 살고 싶다. 이렇게 코칭으로 변화하며 단단하게 만들어 가고 있다.

오늘도 코칭을 한다.

더 잘 말하기 위해서가 아니라, 약한 사람, 가까운 가족에게 덜 상처 주기 위해. 그리고 강한 사람 앞에서 의견을 덤덤히 말하기 위해. 내 말에 "그랬구나, 많이 힘들었겠다."라고 말해줄 내 편 한 사람을 간절히 찾던 내가 상대에게 미소하며 "그랬구나, 많이 힘들었겠다."라고 말해주기 위해서.

마음의 성장이
언제나 설렘

코칭을 알게 되었을 때부터 마음이 설렜다. 배울수록 더 깊이 빠져들었고, 꼭 코치가 되고 싶다는 열망이 생겼다. 나는 갤러리에서 아트 디렉터로 일하면서 자기 계발에 도움이 될 것 같아 코칭과 인연을 맺었다. 바쁜 일정에도 하루도 빠짐없이 강의를 듣고 시험을 준비하였다.

코칭 자격증 준비 과정에서 필수인 실습 시간을 채우기 위해 첫 실습 상대를 찾고 있었다.

서울로 이사 온 후 알게 된 상미는 심리사 자격증을 가진 베테랑 상담사로 교도소 무료 상담을 오래 해 온 경력자다. 내가 근무하는 갤러리에서 행사가 있을 때마다 자원봉사를 자청하며 도와주는 고마운 친구다.

　상미는 새로운 것에 도전하는 나를 늘 응원해 주었고, 이번에도 흔쾌히 첫 실습 고객이 되어 주었다. 늘 배우고 새롭게 도전하는 나를 보면 고갈되던 에너지가 충전된다고 하였다. 상미의 응원 덕분에 첫 실습인데도 두렵기보다 힘이 났다. 상미에게 양해를 구하고 코칭 프로세스를 보면서 하기로 했다.

　나는 먼저 비밀 유지 의무에 대해 안내하고 신뢰와 친밀감을 쌓는 질문을 통해 라포를 형성했다. 어떤 이야기를 나누고 싶은지 물었는데, 상미의 답변은 예상 밖이었다. 남편에 대한 미운 마음 때문에 화가 나는데, 남편을 미워하지 않는 방법을 알고 싶다고 했다.

　'남편을 미워하지 않는 방법'을 주제로 정한 특별한 계기가 있는지 물었다.

　상미는 최근 유럽 여행에서 있었던 일을 꺼냈다. 늦장을 부리는 남편 때문에 여행하는 동안 일행들을 기다리게 해서 마음이 불편했는데 고치려 하지 않는 태도에 남편이 밉고 보기 싫다 했다.

　남편을 미워하지 않는 것은 상미의 삶에 어떤 영향을 미치는지 물었다.

　상미는 일상이 좀 더 평화로울 것 같고, 기분이 우울하지 않을 것 같다고 답했다.

　오늘 코칭을 마쳤을 때 어떤 결과를 기대하는지 다시 물었다.

　남편을 좋은 사람으로 생각하는 것을 기대한다고 하였다.

남편을 좋은 사람으로 생각하고자 하는 상미는 궁극적으로 어떤 삶을 살고 싶은지 물었다.

남편이 상미의 입장을 받아들여 줘서, 서로의 생각이 소통되는 부부로 지내고 싶다고 했다.

그런 부부의 모습을 생각하는 상미는 어떤 가치를 지닌 사람인지 물었다.

상미는 일상에서 자신의 역할을 묵묵히 수행하며 가족을 조력하는 것이 기쁘다며 가족들이 제일 소중하다고 하였다.

가족을 소중하게 생각하는 가치를 통해서 상미는 어떤 사람이 되고 싶은지 다시 질문했다.

"어떤 사람? 생각해 보지 않았는데…. 음…. 가족들이나 지인들 인생 전반에 기여하는 사람."

"와! 가족들이나 지인들 인생 전반에 기여하고자 하는 귀한 마음을 상미가 가지고 있었네."

코칭 대화를 통해 상미는 남편에 대해 잊고 있었던 기억을 떠올렸다.

20년 전, 남편은 초고속 승진으로 대기업 부사장 직위를 눈앞에 두고 있었다. 그 시절 상미는 자녀들의 육아, 집안 경조사와 제사들, 시아버님의 병간호까지 혼자 감당해야 했다. 남편은 회사 일로 늘 바빴고 집에 머무는 시간이 짧아 도와주지 못했다. 모든 상황이 혼자 감당하기엔 너무 버거웠고, 급기야 쓰러져 병원에 입원했다.

승진을 위해 전속력으로 달리던 남편은 환자복을 입은 야윈 아내를 보고 충격을 받았다. 그는 회사에 사표를 제출하고 상미의 병실을 매일 지켰다. 이후에 회사에서 사표를 반려하여 3개월 휴가로 전환되었다고 했다. 그 당시 상미는 남편의 사과를 당연하다 생각했고, 남편의 존재는 자신에게 고통을 제공한 사람으로 무의식에 새겨졌었다.

그런데 코칭 대화를 통해, 그때의 남편이 자신이 추구했던 승진, 성공을 과감히 던지고 상미를 택했다는 것을 깨달았다고 한다. 병실에서 남편을 벌레 보듯 차갑게 대했을 때 고개 숙였던 남편의 모습을 떠올리며 상미는 흐느끼기 시작했다.

"남편 어깨에 짊어진 짐은 외면하고 나만 힘들다고 생각했던 게 미안해."

코칭을 마무리하며 상미는 놀랍게도 90점이라는 후한 점수를 남편에게 주었다. 일상에서 화가 날 때는 90점을 기억하기 위해 집안 곳곳에 '90'이란 숫자를 붙이겠다는 실천 방안까지 도출하며 코칭을 마무리했다.

상미는 "현실 직시와 미래 목표 설정 등 원하는 삶을 살기 위한 방법까지 스스로 생각한다는 것이 놀랍다."며 큰 도움이 되었다고 했다.

나는 상미 덕분에 서류전형, 실기시험에 합격하고 KAC 코칭 자격증을 취득했다. 상미의 남매가 코칭을 받았다. 코칭을 받고 변화된 자녀들의 모습에 만족한 상미는 기업 대표 등 지인들을 소개해 주었다. 한국코치협회 코칭 철학인 '모든 사람은 창의적이고 온전한 존재'임을 늘 마음에 새기며 고객을 존중하고 진심으로 질문하고 경청하며 대화한 것이 좋은 후기로 돌아왔다.

나는 유료 고객이 많아져서 코치들 사이에 소문이 났다. 동료 코치가 찾아와서 1년 코칭비를 결제하는 일이 생겼다. 그 계기로 코치의 코치로 알려지게 되었고, 부산 해운대에 사는 코치도 코칭을 의뢰하였다.

강남에서 사업을 하는 기업 대표님들을 위한 CEO 코칭 수업을 개설하였다. 리더십과 라이프 코칭을 균형 있게 담아 2개월간 8회로 매주 수요일에 만났다.

각자의 내면에서 울림을 찾아가는 과정을 함께하면서, 경직되어 있던 일상에 여유라는 틈이 생기고 그 틈으로 자신을 마주하는 순간들이 만들어졌다. 처음 시도한 코칭 그룹 수업이라 크게 기대하지 않았는데 수료식 날 대표님들의 소감 발표는 나를 감동으로 눈물짓게 하였다. 장철수 감독은 수료식 날 LA 영화제에 심사 위원으로 초청되어 LA에서 수업 소감 영상을 정성껏 찍어 보내왔다. 너무나 과분하고 감사한 시간이었다. 내가 경험한 고통과 실패들이 결국 타인의 아픔을 볼 수 있는 눈과 공감하는 마음이 되었다. 코칭을 통해 함께 성장하는 발판이 만들어졌다.

나는 고객을 만나 코칭 할 때마다 설렌다.

이분은 코칭을 만나 내면이 얼마나 변화하고 성장하실까?

나는 또 얼마나 인생을 배울까?

허허(虛虛)
마음을 비워
길을 내다

함께 코칭을 배우고 코칭을 해주었던 도반이자 멘토가 다시는 만날 수 없는 먼 길을 떠났다. 정신과 행동이 정갈하고 깔끔한 멋쟁이였다. 옷을 잘 입는 멋쟁이가 아닌 생각과 삶이 정갈한 내면의 수도자였다. 함께 이야기를 나누다 보면 어느 것 하나 흘려보낼 수 없는, 대화가 차곡차곡 쌓여가는 사유의 벗이었다. 나보다는 두 살 위이지만, 그의 생태적(ecology)이고 실천적인 삶의 태도는 경이롭고 아름다웠다. 청년들이 살기 좋은 사회를 만들고 싶어 녹색대를 설립해 200여 명의 후원자를 만들었고, 지혜학교를 설립해서 이사장을 지내기도 했다.

나는 생태적 삶을 지향하는 슬로패션 디자이너다. 환경운동의 실천이기도 하다. 이는 과거의 지혜를 빌려 미래 우리 사회가 나아갈 올바른 방향을 옷이라는 매개체로 제안하는 탄소중립 실천적 활동이다. 빠른 생산과 소비, 효율과 경쟁을 최고의 가치로 삼는 패스트 패션의 문제점은, 물질의 풍요 이면에 숨겨진 생명 경시와 생태계의 파괴를 간과하고 있다는 사실이다. 2013년 4월 24일 방글라데시 라다플라자 붕괴 사고는 의류 산업 역사상 아주 참혹한 산업재해 중 하나다. 사망자 약 1,100명 이상, 부상자 2,500명 이상으로 단기적 이윤 극대화를 우선시하는 자본이 생명을 삼키는 재해였다. 라다플라자 사고는 인간의 기본권을 외면한 저가·대량·속도 중심의 패스트패션 구조 전반에 있었다. SPA 브랜드에 납품하는 대부분의 업체와 글로벌공급망을 저렴하게, 대량으로 옷을 공급하는 시스템이었다. SPA 브랜드는 중간 유통 단계를 줄여 소비자의 욕구를 빠르게 충족시키는 구조로 속도와 효율의 상징이다. 공장의 노동자들이 밖으로 나오지 못하도록 밖에서 문을 잠그고 옷을 만드는 작업을 강행하다가 밖으로 대피하지 못하고 재해를 입은 사건이다. SPA 브랜드 뒤에 숨은 이야기를 알고도 우리는 그대로 입을 것인가를 다시 묻게 된다.

라다플라자 사고 이후, 슬로패션은 단순한 소비 트렌드를 넘어 윤리적·사회적 대안으로 논의되기 시작했다. 이러한 사회적 담론의 확산 속에서 의류 산업의 구조적 문제와 지속 가능한 생산·소비 모델을 학문적으로 탐구하고자 2015년 박사과정에 진학했다. 꼴레지움

(Collegium) 형식의 학문공동체였다. 전공이 다른 연구자들이 협업을 통해 프로젝트를 기획·논의하고, 사회 전반의 구조적 문제를 토론하는 과정이었다. 전공 간의 경계를 허물고, 현장과 이론을 연결하며 자신의 자리에서 축적해 온 결과를 학문적 기틀로 완성해 가는 과정이었다.

현장에서 다져진 실천적 경험은, 연구의 깊이를 더하며 학문적 체계를 완성해 가는 과정의 밑거름이 되었다. 서로 배우고 가르치는 교학상장(敎學相長)의 학(學)과 호혜상생의 덕(德)을 쌓아 GURU의 길을 가는 도반 멤버십으로 함께하고자 함이었다.

학문은 지식만 쌓는 일이 아니라 삶에 녹아드는 방식이어야 한다는 꼴레지움의 철학이다. 나의 철학이기도 하다. 고 김용복(한일장신대 총장)의 새로운 학문공동체의 장을 여는 목적이기도 했다.

교육과 삶이라는 연결고리는 단순한 이론이 아니다. 내가 배운 진리를 일상에서 태도로 보여줄 때 단단해지는 법이다. 머릿속의 지식이 심장으로 내려와 타인의 고통에 공감하고, 더 나은 세상을 위한 실천으로 연결되어야 한다. 학문과 삶은 별개가 아니다.

이러한 학문적 책임감은 2022년 인생 멘토와 함께 코칭을 공부하며 더욱 선명해졌다. 그는 답을 주는 스승이었다. 내 삶의 주인인지 끊임없이 물어주는 코치였다.

"코칭은 가르치는 일이 아니라 자기 삶으로 되돌려보내는 일이다."

그의 말은 학문이란 삶을 책임지는 방식이어야 한다던 나의 철학을 더욱 단단하게 했다.

2023년 겨울, 영하의 추운 날씨였다. 강의를 의뢰한 공동체에서 강의 시작 10분이 넘어가도록 아무도 오질 않았다. 말할 수 없이 불편했다. 돌아가면 후회할까. 기다리면 더 초라해질까. 생각은 꼬리에 꼬리를 물었고, 마음은 한순간도 가만히 있지 못했다. 안으로는 조급함이 밀려오고, 밖으로는 아무렇지 않은 척 서 있어야 하는 시간이 더 힘들었다. 갈피를 잡지 못한 채 그 자리에 서서 스스로를 설득하고 또 의심했다. 삶의 도반이자 멘토인 그에게 코칭을 받으며 이 혼란을 정돈할 마지막 열쇠를 구하기로 했다. 지금 상황을 설명했다.

"지금, 화를 내서 모든 게 해결된다면 화를 내고, 그렇지 않으면 그냥 허허 웃어!"

그 말을 듣는 순간, 가슴안에 들끓던 화가 마치 찬물로 세수를 한 듯 복잡했던 감정이 순식간에 정리되며 머릿속이 맑아졌다. 무엇을 위해 그토록 감정의 날을 세웠나? 자존심이었나? 아니면 선생으로 대우받고 싶은 권위였나? 그래! 나는 '선생'이었다. 선생은 단순히 지식을 전달하는 사람이 아니다. 이러한 상황도 품는 가슴을 가져야 한다. 역할을 넘어, 삶을 태도로써 길을 보여주는 안내자다. 함께하는 이 공동체는 목적을 위해 소모되는 집단이 아니라, 함께 숨 쉬며 성장하는 귀한 사람들이다. 지식의 무게가 현장에서 활용된다는 것은 결국 사람을 향해야 함을 잠시 망각하고 있는 부족한 나를 발견했다.

성숙한 관계란 감정의 분출이 아닌, 정제된 이성의 공유에서 시작된다. 지금 이 순간 감정을 앞세워 목소리를 높인다면, 잠시의 통쾌함은 얻을지언정 관계의 결속이라는 더 큰 가치는 균열이 가고 말 것이다. 지금 필요한 것은 날 선 질책이 아니라 허허 웃으며 넘길 수 있는 여유이다. 그럴 때 지식은 비로소 타인을 억누르는 권력이 아니라 그들을 품는 지혜가 된다. 화내서 해결되지 않을 일이면 그 에너지로 상대를 이해하고 문제를 해결할 대안을 찾는 게 방법이다.

그날의 죽비는 정수리에 꽂히는 장수말벌의 침 한 방이었다. 감정의 요동을 이성의 균형으로 맞추는 법을 배웠다. 분노의 외침은 공기를 흔들 뿐이지만, 실천적 현존은 대지에 뿌리를 내린다. 이제는 감정이 앞서는 순간마다 그날을 떠올리며 스스로에게 묻는다. 이 화가 문제를 해결하는가, 아니면 소모하게 하는가. 소모되지 않고 온전하게 그 자리에 머무는 것, 그것이 남기고 싶은 뒷모습이다. 가두었던 오만도 깨졌다. 분노에 끌려다니지 않는 힘도 얻었다.

화내서 해결되지 않는다면 차라리 허허 웃으라던 그 명료한 가르침을 비석 삼아, 오늘도 감정보다 이성으로 생각의 균형을 다시 세운다. 화내서 해결되지 않을 일은 차라리 허허 웃자.

소란스러운 감정의 소용돌이를 뚫고 뚜벅뚜벅 걸어가는 등(背)의 고요함이 누군가에게는 이정표가 되기를.

격앙된 목소리는 찰나의 공기를 흔들 뿐이지만, 감정을 갈무리하고 내딛는 발걸음은 누군가 길을 잃었을 때 가만히 따라 걷고 싶은 선명한 궤적이 된다.

나는 왜
멈추지 않았을까?

코칭은 사람을 대하는 자세를 돌아보게 만든다. 신뢰와 존중이 기술보다 밀려나는 순간, 대화뿐이 아니라 관계도 깊어지지 않는다. 누군가 당신에게 고민을 털어놓는다. 당신은 문제를 가지고 온 것부터 해결해 주고 싶은가? 그 문제를 가지고 온 사람의 마음에 집중하고 싶은가? 코칭에서는 지금 마주하고 있는 대상 앞에 어떤 태도로 임하는지가 중요하다. 그래서 코칭을 멈출 수 없다. 사람을 바라보는 태도를 선택했기 때문이다.

코칭을 처음 만난 건 19년 전, 2007년이다. 코치로서 어떻게 활동해야 할지 몰라 한동안 잊고 지내다가, 몇 해 전에 한 단체에서 다시 코칭을 접했다. 이후 2025년 6월, 한국코치협회 인증 코치(KAC)가 되었다.

자격 취득 이후에도 다음 단계 준비를 위해 열심히 달렸다. 코칭 실습을 마치고 나서 동료 코치들과 피드백을 나눴다. 이 과정에서 점점 부족한 면만 보이기 시작했고 이를 인정하는 일이 생각보다 어려웠다.

"질문을 풍성하게 해줘서 스스로 발견하고 성찰할 수 있는 계기가 되었어요."라는 피드백이 "질문이 너무 많아요."라는 말로 바뀌던 순간에는 쥐구멍에라도 들어가고 싶었다. 잘하고 싶을수록 코칭 철학보다 기법에 더 집착했다. 그럴수록 KPC 자격을 향한 조급한 마음에 사로잡혔다. 오히려 코칭의 '코'조차 모를 때보다 코칭이 안 되는 날이 더 많아진 것처럼 느껴졌다.

어디서부터 다시 시작해야 할지 감이 잡히지 않았다. 동료 코치의 소개로 한 플랫폼에서 코칭에 대한 피드백을 받았다. 예상보다 직설적이었다. 한동안 의욕을 잃을 만큼 충격이 컸다. 그런데도 나는 코칭을 놓고 싶지 않았다. 역량을 강화하기 위해 교육을 듣기로 마음먹었다. 교육에서 상황을 솔직하게 털어놓으며, 머릿속에 있었던 '코칭 철학', '코치다움', '코칭다움'을 다시 바라보게 되었다.

'코칭 심사 기준에 얽매이기보다 문제를 가지고 온 고객의 마음을 바라본다면 어떨까?'

그 질문에 대한 답은 또 다른 장면으로 이어졌다. 2025년 12월, 한 학교에서 자신감 향상 강의하던 날이었다. 강의 초반, 맨 앞자리에서 참여하지 않는 학생 한 명이 눈에 띄었다. 그는 수업 중에도 엎드려 잠을 청했다. 요즘은 학생의 어깨에 손을 대는 일조차 조심스럽다. 억지로 깨울 수도 없는데, 어떻게 다가가야 할지 고민되었다. 마침 감사 일기 쓰기나 강점 세 가지를 찾기 중 골라 적용해 보는 활동 중이었다. 그 학생이 잠시 깨어 있는 것을 발견했다. 조심스럽게 다가가 코칭 대화를 시도했다. 학생 스스로가 감사한 일이 무엇인지 알게 될 때 자기효능감이 커지고 동기부여가 될까 싶어서였다.

"본인 스스로 감사하게 여기는 것이 있다면, 무엇이 있나요?"

"없는데요."

"그렇다면 자신의 강점은 무엇이라고 생각해요?"

"저는 마인크래프트 게임을 잘해요."

그 강점을 놓치지 않고 바로 인정했다.

"오, 스스로 자신의 강점을 알고 있네요. 오늘 공간 지능에 대해 배웠죠. 이 지능이 높은 친구라 느껴지는데 어떤가요?"

학생은 미소를 지으며 말했다.

"맞죠."

그 한마디 이후, 학생은 잠을 잤을까? 아니다. 그는 눈을 반짝이며 수업에 참여하기 시작했다. 이 장면을 다시 떠올리며 그들이 자신의 가능성을 믿고 즐거움을 되찾을 수 있도록 돕고 싶다는 마음이 더 또렷해졌다.

누군가 한 사람의 고유한 강점과 잠재력을 알아보고 진심으로 응원해 준다면, 그 격려는 한 사람의 변화를 서서히 이끌 수 있는 원동력이 되기도 한다. 이 경험은 단순히 코칭 시간을 많이 쌓는 것만으로는 얻을 수 없다. 벽돌이 쌓인다고 저절로 집이 완성되지 않는다. 끊임없이 배우고 현장에서 부딪히며 스스로 돌아보는 시간이 필요하다. 그날 이후 다시 확인했다. 코칭은 내 앞에 있는 사람을 어떤 태도로 바라보는가에서 시작된다는 것을. 코칭을 놓지 않았던 이유도 여기에 있었다. 사람을 대하는 태도를 끝까지 지켜내고 싶었기 때문이다.

코칭은 목표와 성과 달성에만 집중하지 않는다. 무언가를 잘하려 애쓰기보다, 어떤 태도로 사람 앞에 설 것인가 스스로 묻게 하는 일이다. 그 태도는 결국 질문에서 드러난다.

'내가 마주하고 있는 이 사람의 강점은 무엇일까?'

이 질문을 하고 있다면 코칭은 이미 시작되었다.

누군가를 고치기보다 이해하려는 태도. 코칭은 사람을 대하는 자세를 계속 돌아보게 만든다. 내가 코칭을 멈추지 않고 달려가는 이유다. 당신은 어떤 태도로 사람 앞에 서 있는가.

현실은
그렇지 않아요

"현실은 그렇지 않아요."

사내 코치로 팀장들을 만나던 시절, 자주 들었던 말이다. 질문이 중요하다는 것도, 기다려야 한다는 것도 알고 있었다. 다만 현장에서는 마음처럼 되지 않는다고 하나같이 입을 모았다. 그때는 그 말이 변화를 미루는 투덜거림처럼 느껴졌다.

나는 코칭을 '기술'로 배웠다. 누군가의 성장을 돕고, 변화의 계기를 만들어 줄 수 있다는 점이 좋았다. 직접 코칭을 받아 보니 조언을 듣지 않았는데도 생각이 정리됐고, 존중받는다는 느낌도 받았다. 그래서 믿었다. 리더라면 반드시 코칭 방식으로 소통해야 한다고, 배운 방식이 곧 정답이라고.

20년 가까이 교육 기획과 운영 업무를 하며 신입부터 경영층까지, 사람이 조직 안에서 성장해 가는 모습을 지켜봤다. 강단에 서지는 않았지만, 과정이 잘 흘러가도록 뒤에서 고민하고 조율하는 역할을 했다. 그렇기에 팀장이 되었을 때, 사람을 이끄는 일이 이토록 어렵게 느껴질 줄은 몰랐다. 팀장이 되고 나서야 알았다. 무엇을 말할지보다 무엇을 물어야 할지가 더 어렵다는 것을.

끝이 보이지 않고 쌓여가는 업무와 침묵하는 팀원들 사이에서 숨이 막히는 순간도 이어졌다. 확신이 조금씩 흔들렸다. 질문을 몰라서가 아니라, 묻기도 전에 답이 먼저 나오려 했기 때문이었다. 그제야 만났던 팀장들이 "현실은 그렇지 않다."라고 말하던 이유를 조금은 이해할 수 있었다. 팀장에게 필요한 것은 질문의 기술이 아니다. 답을 알아도 쉽게 꺼내지 않겠다고 마음먹는 태도다. 그 마음이 흔들리면 질문은 재촉처럼 들리고, 어느새 대화는 정해 둔 답으로 상대를 몰아가게 된다. 그 태도가 흔들리지 않을 때, 상대는 따라오기를 멈추고 자기 생각을 꺼내기 시작한다.

팀장이 겪는 이런 어려움을 미숙함 탓으로만 돌릴 수는 없다. 실무자 시절에는 일에 대해 말했지만, 팀장이 되면 사람의 생각에 말을 건네야 한다. 준비도 되지 않았는데 당연히 해내야 한다는 압박 속에, 코칭은 대화가 아니라 절차처럼 느껴지기도 한다. 나 역시 그 무게에서 벗어나지 못했다. 코치였을 때는 가벼운 한마디로도 대화가 이어졌지만, 팀원들과는 한 시간이 지나도 어색함을 풀 수 없었다. 코칭이 팀장에게는 맞지 않는 걸까. 그 질문이 마음 한편에 걸렸다.

어느 날 한 팀원이 기획안을 가져왔다. 전혀 다른 직무로 막 전환했기 때문에 아직 방향을 잡아가는 중이었다. 보고서에는 두세 개의 아이디어만 적혀 있었다. 허전해 보였다. 유사한 과제를 여러 번 맡아본 경험이 먼저 떠올랐다. 생각을 덧붙이기 시작했다. 다섯 개, 열 개. 어느새 스무 개가 넘었다. 설명을 이어가던 중 분위기가 묘하게 달라졌다. 그때 팀원의 표정이 눈에 들어왔다. 눈동자가 흔들리고 있었다. 말 속도조차 따라오지 못했다. 이제 막 걸음마를 뗀 아이에게 전력 질주를 요구하고 있었다. 일정은 빠듯했고, 결과는 만들어야 했다. 성장에 대한 믿음보다 일이 늦어질 불안이 더 컸다. 결국 이렇게 말해 버렸다.

"그냥 이렇게 하세요."

가르치려던 게 아니라 어떻게든 일을 진행하고 싶었을 뿐이다.

그 뒤로 그는 더는 미룰 수 없을 때가 돼서야 찾아왔다. 재촉하지 않고 기다렸지만, 상황은 나아지지 않았다. 결국 따로 시간을 내어 마주

앉았다. 머릿속은 복잡했다. 그래도 조심스레 물었다. 추궁이 아니라 사정을 듣고 싶었다. 돌아온 대답은 짧았다.

"저도 그렇게 생각해요. 노력하겠습니다."

상황을 인정하고 더 잘하겠다는, 빈말처럼 들렸다. 그 순간, 기다림과 개입 사이에서 무엇을 해야 할지 알 수 없었다.

며칠 뒤 팀원들과의 화상 회의에서 조금 다른 방식으로 말을 꺼냈다.

"마감 기한을 지키기 어렵다면 미리 이야기해 주세요. 아무 말이 없으면 일정대로 가능하다고 이해하겠습니다."

질문 대신 기대와 기준을 분명히 밝혔다. 그러자 먼저 일정을 상의하기 시작했다. 그때 알았다. 문제는 말하느냐 기다리느냐의 선택이 아니었다. 그 순간 무엇을 내려놓고 무엇을 붙들어야 할지였다.

반대로 기다림이 필요했던 순간도 있었다. 방향을 잡지 못한 채 질문만 가져온 팀원에게 바로 답을 주지 않았다. 대신 물었다.

"이 방향에 대해 당신 생각은 어때요?"

"이 기준을 선택한 이유는 뭐예요?"

"그 방향도 좋은데, 이런 상황이 생기면 어떻게 대응할 수 있을까요?"

그는 바로 답하지 못했다. 그러나 며칠 뒤 단단해진 자료를 들고 다시 찾아왔다.

이 두 경험은 코칭을 다시 보게 했다. 코칭은 매 순간 질문을 던지는 대화가 아니다. 때로는 기준을 분명히 제시하는 것이, 때로는 침묵을 지켜주는 것이 더 나을 때도 있다. 하지만 답이 보인다고 기다리지 못하면 질문은 재촉이 된다. 팀원은 생각을 멈추고, 팀장은 끝내 실무에서 벗어나지 못한다.

답도 보이고, 질문법도 알고 있다. 그럼에도 매 순간 선택해야 한다. 지금, 이 순간 답을 줄 것인가 기다릴 것인가? 결국 코칭은 기술 이전에, 그 선택을 감당하려는 리더의 용기이자 태도다.

마치는 글

강소영

언젠간 내 이야기를 꺼내고 싶다는 막연한 바람이었다. 그때 불쑥 내민 손을 잡았다. 한 자 한 자 써 내려가는 일은 숨을 멈춰 고르게 했고, 때로는 '그거였구나!' 하며 고개를 끄덕이게 했다. 더 잘 표현하지 못한 아쉬움도, 이것밖에 안 되나 하는 부끄러움도 여전하다. 마무리하는 지금, 이런 나여도 괜찮다고 말하는 나를 만났다. 입 밖으로 꺼내지 못했던 말들이 글이 되었다. 삶이 조금 가벼워졌다. 돌아보니 그 모든 시간이 결국 감사였음을. 고통, 막힘, 침묵까지 이곳으로 데려놓기 위한 것이었음을 이제는 안다.

강은주

아주 우연한 기회에 코칭을 만나게 되었고, 코칭의 매력에 빠져 코치
가 되었다. 이후 나의 혼란스러운 일상에서도 평온함과 평정심이 유지
되는 나를 발견했다. 코치로서 내가 최고의 혜택을 누리는 순간이었다.
지금까지 그래왔듯이 앞으로도 내가 서 있는 자리, 언제, 어디서든지
'코치다움'을 지향하며 살아가려 한다.

김우현

비즈니스 현장에서 오래 일하며 내 마음을 가장 오래 흔든 건 결국 사
람이었다. 성과를 향해 달려가던 시간 속에서, 곁을 지키는 태도가 한
사람의 내면을 깨운다는 장면들을 여러 번 마주했다. 나는 멈춰 질문했
다. 이제 빠른 답보다 조용한 여백을 선택한다. 타인에게 향하던 시선
을 거두어, 내 마음과도 천천히 마주 앉아보려 한다. 당신 일상에도 잠
시 머물 수 있는 공간이 생기길 바란다. 여백 속에서, 우리 각자의 진짜
이야기가 다시 시작될 것이다.

김채운

글의 주제도 모른 채 동료 코치의 권유로 설렘 가득 시작했다. 막연했
던 소통이라는 주제는 글쓰기를 통해 나의 삶을 투영하는 진솔한 기록
이 되었다. 또한 '나다움'이라는 아름다운 스타일을 찾아가는 여정이었

으며, 이는 인생에서 가치 있는 디자인 작업이었다. 글을 쓰며 마주한 것은 미숙했던 과거의 내가 아니라, 성장을 함께하려는 연대의 마음이 었다. 온기 어린 이정표가 되어준 이경숙 작가 외 동료 작가들께 감사드린다. 함께 써 내려간 이 시간 또한 내게는 따뜻한 소통이었다. 선영 님께 마음을 담아 이 책을 전하고 싶다.

용준희

나를 이해하고 타인을 이해하기 위해 인간 내면 깊숙이 탐사하고자 했다. 그렇게 이해해야 사람을 사랑하기 좋았다. 나를 사랑하고 타인을 사랑할 수 있었다. 세상과 사이좋게 보듬으며 살고 싶었다. 여정 속에서 코칭을 만나 나를 이해받을 수 있었고, 그 위로가 따스해 코칭 세계로 들어가게 되었다. 코치님들과 코칭의 세계를 함께 글로 쓰고, 더불어 책이라는 형태를 갖추게 되니 참 고맙다. 특히, 열정을 쏟아주신 이경숙 작가님과 천보영 작가님의 노고가 더 빛나는 시간이었다. 함께 해주신 공저 작가님들께도 감사드린다.

이옥순

책을 쓰기 위해 공부하고 공저 작가들과 함께 퇴고하며 새롭고 유익한 내용을 많이 알게 됐다. 새롭게 안다는 것은 내가 모른다는 사실을 알아차리는 과정이었다. 나의 목표는 코칭의 생활화로 강자 앞에 쫄지 않고 약자를 함부로 대하는 우를 더 이상 범하지 않는 것이다. 그리하여 삶의 목표, 가치관 확립, 자신감 회복하여 살아가는 과정도 행복하고 삶을 마감한 후에도 행복한 삶을 살아가고 싶다. 오늘도 쉽고 작은 것부터 실행하려고 한다. 지도해 주신 이경숙 작가를 비롯하여 공저 작가들과 함께할 수 있어 행복했다.

이은재

글을 쓰는 동안 교육 현장에서 만났던 학생들, 상담실에서 눈물을 삼키던 학부모들, 그리고 코칭 수료식에서 환하게 미소 짓던 대표님들의 얼굴이 떠올랐다. 또한 아버지께 받은 사랑을 다시 새길 수 있어 감사한 시간이었다. 사람을 변화시키는 일은 기술이 아니라 상대를 진심으로 존중하는 태도에서 비롯된다는 것을 이 글을 통해 독자들과 함께 나눌 수 있기를 바란다.

정 은

우리는 더 많은 말을 하며 삶을 채우려 하지만, 성장은 오히려 덜어낸 자리에서 시작된다. 한 호흡을 고르는 순간, 삶은 조금 더 단단한 결을 드러낸다. 옷을 짓듯 삶을 짓는다는 것은 속도를 늦추고 나의 내면을 정성껏 살피는 일이다. 그 과정에서 우리는 비로소 나답게 살아가는 방향을 발견한다. 오늘 당신의 삶은 어떤 색으로 어떤 마음으로 한땀 한 땀 이어지고 있는지 살펴보길 바란다.

정효선

그동안의 소통을 돌아보니 결국 대화는 그 사람을 대하는 태도였다. 대화, 경청, 질문, 코칭으로 이어진 삶은 곧 내가 사람을 마주하는 방식이 되었다. 현장에서도 사람은 존중받을 때 스스로 움직이는 존재라는 사실을 여러 번 확인했다. 해결책을 주는 것보다 기다려 주는 순간이 한 사람의 방향을 바꾸기도 했다. 이 책을 덮는 순간, 한 가지 질문이 남기를 바란다. 지금 내 앞에 있는 사람을 고치려고 하는가. 아니면 그 사람 존재를 보고 있는가. 그 질문이 떠오르는 순간, 대화는 이미 달라지고 있을 것이다.

천보영

언젠가 정리해 보고 싶었던 주제였지만, 써 내려가는 일은 쉽지 않았다. 이미 지나갔다고 믿었던 장면들이 다시 살아났고, 그때의 나를 합리화하려는 지금의 나와 마주해야 했다. '사람과 관련된 일을 하고 싶다'라는 소망으로 시작한 길은 어느덧 나의 업(業)이 되었다. 사람의 성장을 돕는다는 것은 결국 내 성장을 마주하는 일이기도 하다. 함께 써 내려간 공저 작가들 덕분에 이 글이 세상에 나올 수 있었고, 독자에게 닿을 수 있어 다행이다.